海的味道

邓 刚/著

茫茫的大海那样浩大无际，那样神秘莫测。

但有了规律，有了经验，她就变得窄小而一目了然；成千上万的海洋生物本来是那样神奇精灵，那样腾跳飞跃，但有了爱情，有了浪漫，它们就变得呆傻可笑并软弱可擒……人类正在发挥更高超的聪明才智，让整个大海变得乖孩子一样听话……人类确确实实是这个世界的主人，因为这个世界最终只剩下人类自己了。

天津出版传媒集团
百花文艺出版社

图书在版编目（ＣＩＰ）数据

海的味道 / 邓刚著. -- 天津：百花文艺出版社，
2015.1
ISBN 978-7-5306-6475-9

Ⅰ.①海… Ⅱ.①邓… Ⅲ.①散文集–中国–当代
Ⅳ.①I267

中国版本图书馆 CIP 数据核字(2014)第 289410 号

选题策划：李祖向　　　装帧设计：刘艺青
责任编辑：郭　瑛　　　责任校对：曾玺静

出版人：李勃洋
出版发行：百花文艺出版社
地址：天津市和平区西康路 35 号　　邮编：300051
电话传真：+86-22-23332651（发行部）
　　　　　+86-22-23332656（总编室）
　　　　　+86-22-23332478（邮购部）
主页：http://www.bhpubl.com.cn
印刷：唐山新苑印务有限公司
开本：880×1230 毫米　1/32
字数：104 千字　　图数：16 幅
印张：6.75
版次：2015 年 1 月第 1 版
印次：2015 年 1 月第 1 次印刷
定价：30.00 元

目录

人类的趁"爱"打劫 （写在前面的话）

　　爱情简直就像毒品,把男鱼女鱼们弄得迷迷糊糊,疯疯癫癫:本来笨嘴拙腮的鱼,到了爱情季节竟能唱出优美动听的情歌;本来行动迟缓的鱼,相爱之时会像杂技演员那样灵巧地旋转并拍打水花,本来是乌黑丑陋的鱼,在爱情的激动下,鱼鳞一下子鲜亮耀眼,鱼鳍还会鲜花般开放;更有甚者,为了爱情昏了头,撞击船舷,拥抱甲板,亲吻人类捕捉它们的渔钩,当人类捉住一条鱼时,另一条相好的情鱼就会痛不欲生,所以也紧跟而来自投罗网。像梁山伯与祝英台,像罗密欧与朱丽叶。鱼类永远不会有人类的智慧,因此它们也就永远傻乎乎地浪漫下去。而人类还正在日新月异地发挥聪明才智,连神灵也对人类的才智望洋兴叹俯首称臣。人类不但舒舒服服地坐在船上就能通过屏幕看到深深的海底,就能通过电子仪器听到鱼类的窃窃私语,而且还能制造鱼类们的爱情气味,制造鱼类们的情歌曲调。对男鱼,施放女鱼的性爱诱惑;对女鱼,施放男鱼的爱情气味;还能只要一按电钮,海洋里就会轰响起美妙的乐曲,所有的鱼类都会充满激情地向死亡进军。

茫茫的大海那样浩大无际,那样神秘莫测。但有了规律,有了经验,她就变得窄小而一目了然;成千上万的海洋生物本来是那样神奇精灵,那样腾跳飞跃,但有了爱情,有了浪漫,它们就变得呆傻可笑并软弱可擒。

人类永远不满足现状,尽管他们的智慧会使动作敏捷的乌贼排着长队钻入人造洞房,会使活蹦乱跳的鱼虾老老实实地游进渔网,然而他们永远不会因此而停滞不前。人类正在发挥更高超的聪明才智,让整个大海变得乖孩子一样听话。只要人类需要,那些鲜美的鱼虾就会自动飞进厨房飞进油锅飞进餐桌飞进汤盘里。

人类确确实实是这个世界的主人,因为这个世界最终只剩下人类自己了。

海 趣 8 题

1 打个蛎子尝尝鲜

旅顺口

老虎滩

赶海的老婆腚朝天

打个蛎子尝尝鲜!

这是我小时候在辽东半岛海边经常听到的"歌谣"。在这粗野和诙谐的歌声中,大海像拉开幕布似的,银光闪闪的浪涛渐渐向后退去,奇形怪状的礁石便从大自然的舞台上升腾而出,并散发出一阵阵鲜味儿,这鲜味主要是从海蛎子(牡蛎)身上冒出来的。这时,沙滩上便响起节奏纷乱的"呱咭呱咭"的脚步声,一群赶海的女人尖叫着欢笑着,手持钢制的小刨钩蜂拥而来,奔向刚刚从海水里裸露出来的礁石。她们都是赶海的高手,一个个在礁石上撅着屁股,眼疾手快地敲打海蛎子。刨钩尖每一下都准确地敲进海蛎壳的缝隙中,再用力一撬,就露出白花花的蛎肉来,鲜美的味道就更冲鼻子了。她们赶紧从腰里掏出一个金黄色的苞米饼子,咬一口饼子,吸一口蛎肉,咂一咂嘴,那种玉米的香气和海蛎子的鲜味融在一起,真是鲜死了!

那阵子一般渔民家里生活都很简朴,饭桌上的咸萝卜瓜子就是常规菜,为此渔村里的孩子们就用小脑袋顶起锅盖,掰一块苞米饼子,跑到海边的礁石上打海蛎子就着吃。城里来海边逛景的人看到渔村孩子吃得有滋有味,往往照样模仿,也跑到礁石上打个蛎子尝尝鲜,但他们手里拿着的是馒头或面包。可就怪了,海边的礁石上的牡蛎除了就苞米饼子,与别的食物就不对路,而且越是高级的细粮,反而像起化学反应似的,蛎子不但不鲜,却发酸了。于是,这些城里来逛景的人就拿出雪白的馒头和面包,给渔村的孩子们换粗粮饼子吃,让渔村的孩子们乐不可支。

不过,长在礁石上的小牡蛎非常坚固,没有高超和熟练的打蛎子技巧,蛎钩子往往敲在礁石上,震得你的手发麻;有时还会将蛎壳打得粉碎,蛎肉和尖锐的碎壳混在一起吃进嘴里,把嘴唇和舌尖割破了,弄得小嘴"血糊流拉"的。

这时赶海的女人就响亮地哈哈大笑，小馋嘴巴子，吃蛎壳子！

渔村里的人全都知道，礁石上长的小牡蛎味道最鲜美，是各种牡蛎中的鲜味之冠。但城里人大都是没经验的笨蛋，他们在市场里抢着买个头大的海蛎子，其实个头大的蛎子是深水里的"滚蛎子"，这种蛎子没有礁石倚托，在浪涛下到处乱滚，所以得其名。肉虽然肥，但味道却差远了，只能用油炸着吃，哪里有什么海鲜味了！所以，当渔村里的人端一碗鲜味扑鼻的蛎羹汤时，城里人就奇怪地吸着大鼻孔，不明白这么小的海蛎子怎么会这么鲜。最终人们都明白这种小牡蛎的鲜美味道时，就大开杀戒了。可怕的是这种小牡蛎只能长在靠岸边的礁石上，只要退潮它就无可奈何地暴露在外面，太容易被人们猎取。所以，这种礁石上长着的小牡蛎已经快绝迹了。当然，在一些偏远的、交通不方便的渔村，海边礁石上还可以保留这种可怜的小牡蛎，如果你刻意去寻找，有时还能有幸在"渔家乐"的小饭店里，喝到这种鲜气扑鼻的蛎羹汤。

但是，随着时代日新月异地向前发展，柏油马路很快就会铺到千村万寨，人们就会像蝗虫一样奔向所有的海滩，扫荡所有的海鲜。到那时，可怜而可爱的小牡蛎，你还能生存下来吗？

2　鲜溜溜的下锅烂

下锅烂是一种海藻菜，顾名思义，这种海藻只要下到锅里就熟了。在海边浅滩上长得最多，看得最多，吃得最多，闻到味儿也最多的就是这种海藻菜。但海藻有许多种:绿叶海菜、褐色的海芥菜、紫红色的海紫菜、卷着花边的海带和海谷菜穗。而"下锅烂"看起来与绿色的海藻菜没什么两样。但细细看去,下锅烂比一般的海藻菜叶小并薄,相比其他绿色的海藻菜,却是一种很悦眼的嫩绿色。这么脆弱的东西却只在冬天里长,而且天越冷才越长得旺,味道也越鲜。这真是个奇迹。隆冬时节,寒风呼号,灰白色的天,土黄色的地,一派死气沉沉,连长青的松树也像蒙上了一层灰。然而,在浪头翻滚,冰雪覆盖的海滩上,一片片鲜嫩的下锅烂,犹如绿色的绸缎,在寒冷的波涛里,轻柔地摆动。远远看去,似春天的嫩草一样可爱。

从礁石上往下采摘下锅烂,绝非易事,蹲在冰冷的水湾里,用冻得红肿的手指头一点点从礁石上往下揪。揪一会儿,手指就冻得猫咬似的痛。男人的手指粗,揪下锅烂全是笨蛋,用力气不小,却往往抓空。渔村里的女人都是揪下锅烂的高手,在退潮后一大片绿色的海滩上大显威风。她们弹钢琴般的细手指,像个尖锐的小耙子,剃发般在礁石上刷刷揪着,一潮揪一大柳筐竟然毫不费事。渔村里的妇女赶海时往往都带着孩子,她在前面挎着筐子揪得热火朝天,跟在后面的孩子却冻得哭咧咧的,因为小手冻僵了,手指勾勾着伸不开,痛得不行。母亲就回过头来用嘴含着孩子冰硬的小手指头,吮咂了一阵,缓过热来,便呵斥着说——干吧,冻过劲儿就好了!果然,孩子的小手渐渐冻麻木,不再感觉到痛了,也能刷刷地揪下一些下锅烂来。其实辽东半岛的打鱼人就是靠这种"冻过劲儿就好了"的精神,支撑着一代代家业。

海菜是海边人的命根子，海菜饼子、海菜包子、海菜粥……三年困难时期那阵子，不知救了多少人的命。那年头，连八九十岁的老人也战战抖抖地拄着拐杖下海，老老少少撒豆般铺满海滩。大家拼命地揪呀，拽呀，一潮一潮，成千上万筐海菜拐出了海滩。可是你再回头一看，海滩上依然是鲜绿的一片。有人说下锅烂通人性，它知道人们在挨饿，需要它，就使劲地长，把营养献给人们。有一年赶上特大寒流，冰雪遮天盖地，正在飞涌的浪涛也突然被冻凝在半空，形成一道道固体的白色浪峰。我望着连天的冰雪，心里猛然一动，下锅烂冻完了吧？我跑向海边，到处是一片银白色的冰雪，确实什么也没有了。我捡起一块卵石，使劲去砸冰碴儿，砸了好一会儿，陡然，在那坚硬的冰层里，闪出一片淡淡的绿光。望着顽强向上伸展的叶片，我不由得肃然起敬。不难看出，它是在水中摆动漂浮时突然被冻住的，所以，还保持着轻柔的身姿。我急急忙忙地刨碎冰块，盎然的绿色越发鲜艳。我小心翼翼地捧出下锅烂与冰碴儿凝结在一起的冰块，细细观赏着雪白冰面上的僵硬叶片，犹似观赏一块远古的植物化石。看到如此新鲜却被冻固的生命，我仿佛第一次准确地明白了什么是悲壮。

我以为下锅烂被冻死了，只是冻得太突然没来得及枯黄而已。但第二天艳阳高照，冰雪消融时，下锅烂竟然又在浪波里翩翩起舞了。那绿色的小尖尖，像无数柔软的小手，随着海浪的节奏打拍击掌。渔村一个长辈爷爷对我说，他小时候赶上一次更大的寒流，鱼儿冻成了棍，牡蛎冻凸了盖，蛤蜊冻碎了壳，海参冻成了冰蛋蛋。可下锅烂没事,这东西命大,越冻越兴旺!

下锅烂有营养,人吃了长劲,猪吃了长膘,鸡鸭吃了下大个的蛋。下锅烂吃起来最省事儿,在开水里翻一个滚就行,特别是做成疙瘩汤,又当饭来又当菜。大冷天,男人们干一天活累得要命,进门闻到下锅烂的味儿,立即稀里呼噜地喝上一大碗,顷刻浑身发热,血脉畅通,乏劲儿一扫而光。他们满足地咂巴一下嘴喊道,再来一碗!

市场上卖海味,下锅烂最便宜,但别看下锅烂贱,但它绝对得在刚出水的新鲜时吃,否则,它的新鲜味儿就迅速"贬值"。所以,你要不亲自到海边小渔村里,还真没口福喝到它。喝过下锅烂的人往往激动地说,只要你喝下一碗下锅烂,再细品品那味道——海参呀,鲍鱼呀,扇贝呀,蛤蜊呀,牡蛎呀,全有了!难怪海边打鱼人有这样的歌谣——蚬子(蛤蜊)鲜到嘴,蛎子鲜到心,下锅烂鲜到脚后跟!

也许你吃过不少昂贵的山珍海味,但你要是没喝上一碗热乎乎鲜溜溜的下锅烂,那你这辈子算白活了!

3 黑皮花皮的大蚬子

辽东半岛周边所有的海滩都有蚬子(蛤蜊),有黑皮儿的,有花皮儿的。黑皮的蚬子壳厚肉肥,花皮儿的蚬子壳薄肉鲜。涨潮时,它们在水下张着嘴儿觅食,退潮时却像捉迷藏似的,成千上万地躲藏在沙滩下面、礁石根处和淤泥里。但埋藏在沙土下面的蚬子依然张着小嘴儿喘气,于是退潮后的沙滩上,布满成千上万个小圆眼儿,那就是这些海生物的呼吸孔。细心的人会发现,当你走近这些小孔时,会看到小孔"叽"的一声冒出一股水来。那是蚬子听到人的脚步声,感到危险,所以就最后吸一口气,赶紧关闭两扇硬壳,于是就形成压力,将海水喷出来,当然,也就暴露它的藏身之处了。城里人看到沙滩上的小孔孔喷水,便挥动着铁丝做成的双齿钩朝小孔挖去,但怎么挖也挖不出蚬子来。海边渔村里的人就暗暗地笑,因为城里人只知其一不知其二。其实蚬子挺精明的,它在沙土里有吸气和排气的两个孔,而它巧妙的藏在两个孔之间。真正挖蚬子的内行老手,并不用双齿钩,而只用一个齿的,也就是在木棍上绑着一根细铁丝,别小看这简单的一根细铁丝,在内行的赶海人手里,绝对像探雷针一样灵敏,它只是在蚬子喷水的孔儿的附近,轻轻一挑,就撅出一个圆乎乎的大蚬子来。

城里人气坏了,却又不服气,只好充满力量地挥动着双齿钩,管它有孔没有孔,管它喷水不喷水,下了海沙滩就撅着屁股挖起来,挖得满海滩一个个发黑的坑,收获却极少。

不过,收获得再少也够吃的了,因为蚬子煮熟后,就像小鸟似的张开两扇壳,明明小半锅蚬子,开锅后,一下子就热气腾腾地冒出一大锅来。蚬子肉好吃,蚬子汤好喝,但那时我们都舍不得喝,用蚬子汤下面条,味道格外鲜,省了买味精的钱。现在渔村人有钱了,能到书店买书了,也就有知识了,这才知道原来蚬子肉里含一种营养,能明目,能润肤。也就是说多吃蚬子能让人的眼睛格外亮,让人的皮肤格外光滑。所以渔村的女孩子们都发了疯一样地吃蚬子,个个漂亮得像个小妖精似的。用老人的话说,海风那么硬,越刮脸越白嫩,真邪门了! 近些年工厂越建越多,污染就像病毒似的在海滩上漫延开。当污水流到海滩上时,一般的海生物都惊恐万分,不是仓皇逃跑,就原地待毙。而蚬子却奇怪,有抵抗污染的力量,有时污染越重它却越能茁壮成长,不但个头大了,肉还肥了呢。这就给人类带来麻烦,有时看到市场的货摊上堆着色泽鲜亮的黑皮花皮的大蚬子,却瞪着疑虑重重的眼珠子,不敢轻易掏钱买。当然有胆大者,见到这么肥大的蚬子,立即馋得流口水,也就不管三七二十一了,大买特买并大吃特吃。这么多年下来,也没看到有吃蚬子吃出病来或吃死的。然而,蚬子的抵抗力也是有限的,当污染再度加重时,它也只好无可奈何地摊开变形的双壳,束手待毙……

4　揪扇贝

在蓝色的大海里,橘红色的扇贝显得格外漂亮。它们也像牡蛎一样牢牢地附着在礁石上,但形象比牡蛎生动多彩,远远看去,像粉红色的珊瑚丛。因为扇贝与礁石紧紧地长在一起,你必须用力地往下揪才能获取它,所以,用海碰子的行话说,就是"捡海参,捉蟹子,抢(铲的意思)鲍鱼,揪扇贝"。

扇贝非常喜欢洁净,总是选择水流湍急清澈的地方,微微张开两扇粉红色的壳,守株待兔般地吸着水流漂来的营养。奇特的是每个扇贝里都有一个小寄生蟹，这小蜘蛛一样的小东西靠吃扇贝体内分泌物过活。但它也不白吃，因为扇贝是个十足的傻瓜，只知道张着嘴进食，却感觉不到敌人进攻。小寄生蟹就充当了哨兵，一旦发现有敌情，就立即报警，使傻乎乎的扇贝迅速关闭贝壳。可对于聪明的人类来说，这却是个致命的缺点。当人们潜进海里，听到一片吱吱嘎嘎的声音，就立即明白，这是扇贝不打自招地报告了自己藏匿的位置。由于扇贝愿意群居，所以当你发现一个扇贝，很快就会发现一大群，一个挨一个地排在一起，就像排着队来给你当俘虏。扇贝本来以鲜味出名，那里面的小寄生蟹就更是鲜上加鲜。记得我年轻的时候到海边赶海，只要是揪到扇贝，出水之后，就迫不及待地去抠里面的小寄生蟹，然后放到嘴里嚼，那滋味绝对比扇贝还鲜一倍。

有一次我扎猛子，发现水下一个大礁石上长满了橘红色的扇贝，惊喜得几乎在水下笑出声来，我一猛接一猛地扎个不停，所有的网兜都装满了战利品，但那礁石上依然密密麻麻地一片橘红色。第二天我召唤几个海碰子伙伴一起下水，准备大干一场。但万万想不到的是，那个礁石却空荡荡的一个扇贝也没有。大家都气坏了，认定是我撒谎。后来一个老海碰子告诉我们，扇贝有奇特的逃跑能力，尽管它像牡蛎那样结结实实地长在礁石上，但当发现危险时，却会自动断开连接，两扇贝壳一张一合地扇动，借着水流的浮力逃走。

后来我们果然发现，平日里死死长在礁石上的扇贝，会从这个礁石上飞到另一个礁石上，那两扇橘红色的壳真就像小鸟展翅飞翔,动作还挺优美呢。有时,抓到岸上的扇贝,偶尔也会突然扇动两个贝壳,咔哒咔哒地在鹅卵石上蹿出一二尺远。看着它那奇特而无奈的逃跑动作,让你又惊讶又可怜。扇贝最大的特点就是洁净,只要海水里出现污染物,它就立即逃走。所以打鱼人拿它当监视海洋污染的哨兵,只要没了扇贝的影子,你就明白,这里的海有危险了。但人类太喜欢吃扇贝这种海鲜了,所以就发明出豢养扇贝的方法,把它们装进一串串小笼子,漂浮在海里。如同鸡鸭关在栅栏里一样,有翅也无法逃跑,你就老老实实地长肉吧。为了让扇贝长得快,抗污染,人类当然会发明营养丰富的"科学饵料",并像喂鱼那样地定时喂养,所以收获丰硕。无论城里还是渔村的饭店,餐桌上永远堆满了张开两扇壳的扇贝。人类将扇贝关在笼子里,确实是个聪明的办法。然而扇贝毕竟有着洁净的本质,所以,一旦海水有什么变化,或大气温度有什么变化,可能逃到更洁净海域躲避的扇贝,此时却只能囚在笼子里,成千上万地死亡。而且近年来扇贝"群体死亡"的悲剧经常发生。总之,饲养扇贝有风险。但人类太聪明了,最终会发明出更高级的"科学饵料",让扇贝在多么污染的海水里也死不了。问题是扇贝死不了,那人吃了死不了的扇贝,也死不了吗?

5 甩鲅鱼

鲅鱼是水面上的游泳健将,它们一个个像钢蓝色的炮弹,在浪尖上横冲直撞,张着尖齿利牙,极其凶狠地捕食小鱼。但这些家伙虽然凶猛,却相当谨慎,总是在离岸很远的海面上活动。那时没有现在这样高级的渔竿, 所以, 对付这些总是远离岸边活动的鲅鱼群,就得靠甩线,也叫甩鲅鱼。

不是谁都能甩鲅鱼的,这不但要有"甩"的技术,还要有"甩"的劲头。辽东半岛打鱼人中间,有一批甩鲅鱼的高手,他们在礁石上叉腿稳立,目光炯炯,右手攥着沉甸甸的铅坠和渔钩,左手托着渔线,看准海里的目标,握渔钩的右手在胸前舞动出 8 字花,然后借着舞动的惯力将渔钩猛力甩出去,左手顺势送线。那雪亮的渔钩在空中划出一道闪电,随后在远处的海面溅起一朵小浪花。看到渔钩落水,就立即收线。但收线更得有水平,速度慢了渔钩会下沉,使水面上游动的鲅鱼看不到;速度快了却会使渔钩跳出水面,吓跑了鲅鱼。总之,要保持渔钩能贴着水面飞行,像一条正在迅速游动的鱼。最高超的技术是,一只手飞快地拽着渔线,另一只手还要将拽到岸上乱麻似的渔线一圈圈码齐,否则下一次甩线就乱了营。鲅鱼在水中看到飞驰的渔钩,绝对认定就是一条逃跑的小鱼,立即大喜,猛地冲上去一口咬住,却是冰冷的金属钩。对甩鲅鱼的人来说,咬钩的那一刹那,既惊心动魄,又心花怒放——"咯噔"一声,渔线立即绷得直如钢丝,双手立感千斤拉力。啊,一条活蹦乱跳的大鲅鱼上钩了,你就使劲儿地拽吧!

鲅鱼只在黎明时分捕食,太阳稍一升起,它们就消失得无影无踪。为此,人们都在黑黑的夜里摸路,当东方刚有一丝晨曦时,岸边的礁石上就站着一排人马。尤其是突兀进海里的礁石,因为位置最佳,大家都往那儿抢,难免会发生事故。因为人和人之间挨得太近,甩鲅鱼时失手,锋利的渔钩飞偏,有时会挂到旁边人的身上。渔人中间,时有发生将鲅鱼钩子甩到旁边人的腮帮子上,由于渔钩上有倒刺,所以很难拔出来,只能是剪断渔线,受伤的渔人带着渔钩跑数里路到医院。医生一面动手术摘钩,一面笑着说:这下可好了,甩了一条大鲅鱼!

如今,尽管有专门捕捉鲅鱼的网具,但甩鲅鱼还是相当有效的一种方式,因为如今甩鲅鱼的渔具已经相当现代化了,很多都是外国进口的。绝对不会再将鲅鱼钩子甩到别人的腮帮子上了。更令人欣慰的是,由于污染和过度捕捞,很多鱼种已经减少甚至即将消失,人类为了满足贪馋的嘴巴,为了经济效益,已经掌握了养殖这些鱼的手段。但养殖的鱼在营养品质上,绝对不如大海里天然生长的鱼,有些养殖的鱼甚至含有危害人类的毒素。但有几种鱼却是人类至今无法养殖的,其中之一就是鲅鱼,因为鲅鱼有着必须在广阔海面上自由飞奔的习性,否则就以死相抵。而人类建造的鱼池再大,也无法满足鲅鱼的自由要求。所以,在人类还没想出更高的招数之前,暂时,你还可以放心大胆地吃鲅鱼。

6   钓大棒鱼

每年夏初,大海就像变魔术一般,一夜之间海面上就出现一群群身子细长,嘴上长着一根针刺的鱼,这些仅一根筷子身长的鱼有时多得撒满海面，辽东半岛的渔人叫它是大棒鱼。大棒鱼比鲅鱼的个头小多了，更没有鲅鱼的速度，但不知为什么，这些家伙却像鲅鱼那样，也是贴着海面游动，你就是用石头打它，它也绝不会钻进水下逃跑。所以，在辽东半岛渔人的眼里，大棒鱼完全像一群傻瓜。不过，你别看它傻乎乎地暴露自己，动作却相当灵巧，没有点技巧是绝对抓不住它的。当然，人类是绝顶聪明的。他们想了一个巧妙的办法，用木板做成一只小小的船，上面再装上一个手绢大小的帆，于是，这只小帆船就拖着一根渔线朝海里漂，渔线上有顺序地绑着一串串挂有鱼饵的渔钩，渔钩旁边绑着浮漂子，这样，所有的渔钩都浮在水面上。大棒鱼看到海面上漂着那么多好吃的鱼饵，纷纷冲上来，结果一只接一只地被渔钩钩住。这时，钓鱼的人就乐呵呵地一面拽着渔线，一面往下摘鱼。

辽东半岛沿岸，用这种小帆船钓大棒鱼是一道风景，外地的游人往往看到这种钓鱼方式，也相当好奇，有很多游客还不惜时间，长久地站在岸边沙滩上，看着小帆船摇摇晃晃地下海，一米一米地漂远，又看着小帆船一米一米地被拽上岸，当一串串渔钩上挂着一条条大棒鱼时，他们激动得拍巴掌。有些城里人看到如此简单的方式，看到钓鱼人只是懒懒地坐在那里就能丰收，看到这种傻子也能发财的事，简直就是守株待兔，太简单了！便自己动手，很快也用木板做成小帆船，而且比渔人做得更精致更高级。可当他们把小帆船放进海里时，它却绝不往海里面跑，任你怎样努力，小帆船也只是在岸边绕来晃去，就像故意与你闹别扭。这些城里人气坏了，就使劲往海里推小船,最后干脆就扔鹅卵石打它。折腾半天,小帆船还是顽固地与他们作对,气得城里人越发狠命地用鹅卵石打小船,结果却把小船砸翻或砸碎,更是死猪一样地不动弹了。钓鱼的渔人看到城里人沮丧的样子,不禁哈哈大笑起来,说你们不看风向,不懂潮流就放船,它怎么会往海里跑呢!城里人气坏了,心想,无论退潮涨潮,大棒鱼总是漂在水面上,与潮流有啥关系。于是他们就脱光了衣服跳下水,抓住小船往海里游,这下他们胜利了,无论顶风还是顺风,都能钓到大棒鱼。不过,城里人终究是没经验,他们有时把握不了大棒鱼上钩的时间,心下胡乱地着急,还没等大棒鱼上钩就开始往回拽小船,收获的只是一排排空渔钩;有时任小船在海里漂个够,以为这下子所有的渔钩都挂满了鱼,谁知拖上来一看全是鱼刺,只剩个鱼头挂在钩上。原来咬在钩上的大棒鱼动弹不得,时间太久,就被别的鱼吃掉了。但城里人并没生气,而是和渔人一样哈哈大笑起来。

现在大棒鱼也没有往年那样多了,但吃的花样却多了,不像过去那样只是煮着炖着吃,而是用铁丝串起来,像烤羊肉串那样烤着吃,加上点辣椒面和胡椒粉等佐料,无论是乡下人、城里人,全都吃得两片嘴唇香喷喷并火燎燎的。

7 "碰"刺锅子

"碰"是辽东半岛的方言,大意是"捕"和"捉",还有"勇敢闯荡"

的意思。"碰"刺锅子就是捕捉刺锅子。刺锅子学名叫海胆，现在是高级饭店餐桌上的名菜。可在我们小时候，最被人瞧不起的，最稀烂贱的就是刺锅子，那时一个只能卖一分钱。如果哪个海碰子潜到海里，最后提着刺锅子上岸，就会受到人们无情地嘲笑。不过，刺锅子却极好吃，用刀将带刺的壳劈开，里面就呈现出金黄色的肉，味道又鲜又嫩，绝对比鸡蛋黄有营养。有文章上说，辽东半岛的紫红色海胆是独特于全世界的品种，富含多种营养，如今高级酒店饭店的餐桌上，仅一个海胆的价钱就能买二三斤牛肉。其实在过去的年代，刺锅子虽然便宜得要命，但它的营养价值还是有些名气了。老渔人对我们说，生吃刺锅子更长力气，所以，我们只要是弄到刺锅子，就在海边礁石上大吃起来，有时吃得鼻子上黏着金黄色的肉渣，嘴巴子上挂着黑黑的碎刺。有美食家将金黄色的刺锅子肉加几滴香油搅拌，放到锅里蒸，蒸熟后竟然像鸡蛋糕一个样，但比鸡蛋糕好吃一百倍。

海胆是棘皮动物家族中的另一成员，它长着一个圆圆的石灰质硬壳，全身武装着硬刺。对居住在海底的"居民"来说，它是难以侵犯的，没有哪个莽撞的家伙敢去碰它。在我国南方，大都在春末夏初开始捕捞海胆；北方的大连紫海胆则是在夏秋两季采集。这时的海胆里面包着一腔橙黄色的卵，卵在硬壳里排列得像个五角星。海胆的卵是一种特殊风味的佳肴，棘球海胆、紫海胆的卵块是名贵的海珍品。在我国北部沿海，如龙口、蓬莱、威海、长岛和大连等地用海胆卵制成的"海胆酱"行销中外，金发碧眼的洋人以为鱼子酱是美味，但吃了海胆酱后，一个个眼珠子放光，大喊"OK！"。

　　然而，并不是所有的海胆都可以吃，有不少种类是有毒的。这些海胆看上去要比无毒的海胆漂亮得多。例如，生长在南海珊瑚礁间的环刺海胆，它的粗刺上有黑白条纹，细刺为黄色。幼小的环刺海胆的刺上有白色、绿色的彩带，闪闪发光，在细刺的尖端生长着一个倒钩，它一旦刺进皮肤，毒汁就会注入人体，细刺也就断在皮肉中，使皮肤局部红肿疼痛，有的甚至出现心跳加快、全身痉挛等中毒症状。

　　盛夏之时，海胆又肥又大，你要是会扎猛子，最先看到就是这玩意儿，尤其是在白花花的牡蛎礁上，一个个一簇簇格外醒目，而且能造成一种奇异的景色：似乎天空是白色的，星星是黑色的，令你感到妙不可言。海胆吃海藻，而且相当贪吃，所以在海藻多的地方，它们就大举进攻，铺天盖地而来，最多时海底黑压压一片，简直就有些恐怖。但我们海碰子不怕，越黑越令我们兴奋，这等于是排着队前来"送货上门"，然而碰刺锅子并非易事，这个刺猬一样的家伙有着"阴险"的反抗能力。首先是它能像鲍鱼一样结实地吸附在礁石上，身上数百根长刺向上直竖，并且频频舞动，令你无法下手抓它。更厉害的是，你只要轻轻地碰到它身上的刺，那刺就会主动穿透你的皮肉扎进去，而且还能自动断在你的皮肉里面。北方的海胆没有南方海胆的毒大，但也有小毒，所以，你就是能及时将刺挑出来，那被扎过的地方也会长久红肿发痒，变厚变硬，就像长冻疮似的，直到第二年的夏天才能彻底恢复原来的样子。辽东半岛年轻人刚学扎猛的时候,只能碰刺锅子,手上扎的那个刺真是"老鼻子"了。我年轻时手上就扎了无数海胆刺,疙疙瘩瘩的犹如得了皮肤病。后来,我学得精明,再扎猛时,就一手握着带铁圈的网兜,一手握着鲍鱼铲子,用铲子将吸附在礁石上的刺锅子一个个掀翻,掀翻掉的刺锅子竟然能轻盈地在水中漂浮,我就趁机一个个将它们网进网兜里,手指是绝对碰不到刺锅子的。再后来我越练水平越高,气力也长了,有时一个猛子就能碰二十来个。二十来个刺锅子能装满一柳条筐,也就是说我一口气,也就是一个猛子能碰一筐海胆,要是拿到现在的高级酒店里卖钱,比写小说挣的稿费多几十倍,绝对发大财!

目前辽东半岛的海底最多的还是刺锅子,甚至有更加茁壮成长的趋势。但随着它的价格越来越上升,再加上人们宣扬它的丰富营养,我想,今后的年月里,它是否能继续茁壮成长,命运难测。

8　瓦斯灯照鱼蟹

深深的夜里提着瓦斯(煤气)灯和渔叉去赶海,是辽东半岛平民百姓的一绝。但这种瓦斯灯是日本工厂的产品,也就是说当年日本侵略东北时,大连的百姓们就用瓦斯灯捕捉鱼蟹。太阳落山之后,黑咕隆咚的大海黑浪翻滚,很有些恐怖。你有多么高级的手电也没用,即使是五节电池的手电,灯光也微弱得像萤火虫。但瓦斯灯很厉害,火苗嘶嘶地燃烧,照得眼前一大片海犹如白昼。黑暗中的鱼虾和赤甲红蟹子见到光亮，一个个欣喜若狂，完全像飞蛾扑火一样，不顾一切地朝亮灯处奔来。这时你就用渔叉往水里叉吧，鱼呀虾呀蟹子呀，不一会儿就丰收一大鱼筐。然而新中国成立以后，这种赶海的方式渐渐绝迹。但到了三年困难时期，老百姓饿得要命，都纷纷下海弄吃的，于是用瓦斯灯捕鱼捉蟹的方式又兴盛起来。有老人找出日本殖民时期留下的瓦斯灯，竟然还好用，并且收获颇丰，令人眼红。但很少人家里会有日本瓦斯灯，而瓦斯灯这种产品在我们的商店从来没有过，所以大家都急得不行。怎么办呢？工厂里一些心灵手巧的师傅们就开动脑筋，利用工厂里"干私活"的机会，仿造出来一台台瓦斯灯。饥饿逼使人们聪明百倍，这些仿造出来的瓦斯灯，相当精巧。不锈钢螺丝铜喷嘴，火苗的大小亮度可以自由操控，有人说比当年日本商店里的瓦斯灯还先进。瓦斯石(电石)也大都是从工厂里"偷"出来的。工人们都拿当时的政治口号来幽默：自己动手，丰衣足食，工厂就是我们的家呀！

　　我的叔叔是个老钳工，他也从工厂里制作出来一台瓦斯灯，而且还比日本瓦斯灯大一号，燃烧的时间更长。夜里叔叔用自行车将我带到海边，点亮瓦斯灯，扯着我的手一直走进齐腰深的水里。由于灯太大太重，叔叔让我举着瓦斯灯，他一手握着渔叉，一手扶着水斗镜(一种斗式的水镜)往水下看。在瓦斯灯下，那些偏口鱼、黄鱼、鳝鱼、蟹子，完全傻了似的，一动不动地伏在海底泥沙上。叔叔看准一条大牙鲆鱼，狠命而快速地给了一叉，然后将叉提出水面。

渔叉上的牙鲆鱼拼命地挣扎，我快乐地叫喊起来。叔叔却稳沉并严厉地呵斥我，别出声！他怕我的叫喊声把水里的鱼和蟹子吓跑了。其实我无论怎样高声喊也没问题，在明亮的灯光下，这些鱼呀蟹呀完全失去理智，绝对前赴后继，不怕牺牲。很快，叔叔又叉到一只张牙舞爪的大蟹子，我激动得不行，也往水里看，猛地看到一个大蟹子，也许是大鱼，还像个大海参。我又尖叫不止。叔叔赶紧举着渔叉走过来，他小心翼翼地用水斗镜往下一看，气得笑起来，说那是我的脚丫子！原来，在瓦斯灯照耀下的海水，像个巨大的折射镜，使我的脚丫子不但变了形状，而且还随着海浪不断地波动，有时真像一条鱼或大蟹子。后来我才知道，有不少发财心切的赶海人，将锋利的渔叉叉到自己的脚丫子上。

因为不断地有收获，你完全感觉不到这是深深的夜，等到瓦斯灯快燃尽时，你才发现你是站在黑茫茫的大海里，但朝四周一看，远近各处都有一束束灯光在闪耀，原来有那么多的人在举着瓦斯灯叉鱼叉蟹呢。上岸后，大家都不约而同地聚集在一起，相互比较收获的多少。叔叔的鱼篓子里铁青色的蟹子、八条腿的章鱼、细长的鳝鱼和肥胖的黄鱼，总是装得满满的，受到大家的赞扬。黎明时分，我和叔叔丰收而归，城里的街道静悄悄的，所有的人都在昏睡。我觉得他们全是傻瓜，海里有那么多好吃的东西，你们竟然还在睡觉。

改革开放以后，用瓦斯灯照鱼虾蟹的赶海方式绝对消失了，但这种方式却被发扬光大，更加科学地利用，偌大的渔轮开始了灯光诱捕鱼虾,那灯光是高电压的强光灯,不但能照亮海面,还能照亮海底,比瓦斯灯明亮一万倍,使所有的鱼虾都暴露在"光天化日"之下,绝对地难逃渔网。

龙 兵 海 豚

20世纪80年代,你站在辽东或山东半岛沿岸,有时可能看到这样的情景:本来是万里晴空,一望无际的大海静静地伸展到遥远的天边。突然,平静的海面开始轻微的骚动,一片细碎的浪花沸沸扬扬起来,渐渐转成激烈的涌动,腾起白花花的烟气;猛地,一群黑蓝色的大鱼腾跃而起,在半空里划出一道道黑闪电似的弧线,跌落下去,激起一束束白色的浪花;紧跟着后面又一群大鱼腾跃而起,再后面,一长串大鱼正在此起彼伏地飞跃,排成长长的队伍,从天际的那一端,朝天际的这一端行进。轰!轰!跃起,跌落;跌落,跃起,似乎有一个强劲的统一号令,在天穹上震响,指挥着这威武而雄壮的阵容。大海为此而激动了,推波助澜,发出欢快的呐喊声。这长长的、无休无止地运动着的鱼群,排列如此整齐而有秩序,驾驭着飞扬的水花浪沫,朝着一个目标,从容不迫地挺进……

　　渔人们见到这个场景,立即高喊"过龙兵喽!过龙兵喽……"人们从惊慌到惊喜,赶紧烧香叩头;连正在行驶的渔船也熄火驻足,船员们整齐地站到甲板上,对老天爷的兵马们顶礼膜拜,希望这些龙兵们能保佑打鱼人丰收和平安。而这种祈祷还真就灵验,真就有人看见龙兵们帮助打鱼人往渔网里赶鱼,用头拱着将不慎落水者救起,送到岸边……无论是国内和国外的船员或打鱼人,都在激动地讲述着这些神话般的故事。

　　如今,人们终于明白了,这所谓的过龙兵,其实就是大群的海豚队伍在进行长途迁徙,由于海豚的聪明和习性,衍生出不少出人意料的故事。海里的动物成千上万,但为什么独有海豚会如此神奇,渔人们大不理解,于是科学家们便发了疯一样地研究和探测。这一研究可了不得,原来海豚的大脑与人类几乎大致相同,只有零点零几的差异。如果说陆地上最接近人类的聪明动物是黑猩猩,那么海里最智慧的动物就是海豚,有科学家斩钉截铁地说,海豚比黑猩猩的智力还要更高一筹。首先,所有的动物接近人类时,都会惊慌地逃跑或张牙舞爪地进攻,不是胆小如鼠得可笑,就是凶狠恐怖得可怕。而海豚却绝对不一样,它们一旦与人类相遇,就像大街上人与人相见一样,表情平和温顺。更确切地说海豚就像一群小孩见到大人,眼神立即表露出一种好奇,而且还会以一种可亲可爱的动作,来与人类接近。在人类的意识里,狗啊猫啊还有牛马,是最能驯服和亲近人类的动物。然而人类在驯服海豚时才发现,它比猫狗牛马更为温顺和友好,学习能力更强,简直可以说还能善解人意。

人们又发现海豚的奇特能耐,当一群海豚向前迅猛冲刺之时,突然遭遇人类布下的铁栏钢网,在这些密密麻麻的网孔中,倘若有一个稍微大一点的,能让海豚勉强钻过去。你会惊讶地看到,海豚几乎就没有丝毫地停顿,完全像子弹瞄准靶心一样,准确而毫不犹豫地冲过这唯一能钻过去的网孔。潜水员要是遭遇到这种阻挡,就是提前算计并充分地准备之后,也绝对做不到如此迅速地通过障碍。更惊人的智力是在海豚捕食的过程中,当它们发现鱼群时,立即就能判断出鱼群前进的速度、逃跑的方位,进而海豚们就相当智慧地做出战术准备:某某什么位置进攻,某某什么位置堵截,某某什么位置包抄……当你看到海豚们非常周密地分兵把关,将鱼群团团围住,而且每只海豚都会在包围圈外吐出大量的气泡,造成令鱼群恐惧的"气泡森林",吓得鱼群只能缩成一团,老老实实地等着海豚大口吞食。连那些自以为聪明的鲨鱼也不得不甘拜下风,厚着脸皮在一旁躲躲闪闪,跟在海豚屁股后面蹭一顿饭吃。打鱼人非常惊异,数百只海豚,怎么会在鱼群即将逃遁的一霎时,如此精密地安排张三到什么位置包抄,李四到什么位置堵截,王五到什么位置进攻,这些战术口令是怎样传达的?有科学家说海豚能用电波传达信息,也就是说每只海豚的头脑里都有台电脑程序,天哪,这真是比神话还神话。

海豚的睡觉本领也令人们大为惊叹。海豚是哺乳类动物,原先栖息陆地，漫长的年月使它们习惯了水中的生活，而且永远也离不开水了，但用肺呼吸的哺乳动物本质却丝毫没变，所以它们在水中睡觉，会因无法呼吸而憋死。可是人们从来也没看到海豚能上岸睡觉，只发现海豚每天二十四个小时都在大海里不停地游动，而且从早到晚，又从晚到早，永无休止。那么海豚不睡觉吗？经过科学家们的精心观测，这才明白，海豚的大脑结构是完全隔开的两部分，当其中一部分工作时，另一部分却在休息，因此，海豚可以睁着一只眼游动的同时，另一只眼却能闭着睡觉，所以打鱼人往往误以为海豚可以终生不眠。我们人类要是能有这样本领多好，左右脑互相交替休息，一心可以二用；而且一边休息一边工作，啊哈，在睡觉的同时还能挣工资了。

海豚的游泳速度更令人类惊叹。陆地上的鹿和羚羊撒开四蹄，能以每小时六十公里的速度飞奔，而海豚竟然也能以这个速度在海洋里飞驰。海水的摩擦力比空气的摩擦力要大多少倍，倘若将海水的摩擦力换算成空气的摩擦力，那海豚绝对能创造出数百公里的高速度！连世界冠军猎豹也得叹为观止。

人们以为流线型的身体和光滑的皮肤是鱼类快速前进的条件，其实无论多么光滑的皮肤，在水中游动时都会造成一些小小的漩涡，这些小漩涡影响了动物的游速，就说箭一样飞奔的鲨鱼吧，也不能摆脱小漩涡的困境。海豚皮肤的光滑程度并不比一般鱼类光滑到哪里去，那为什么会出现速度的奇迹呢？如果你能贴着海豚的身体一起游动，就会发现海豚的皮肤不仅光滑，而且富有弹性，一旦加快速度时，光滑而富有弹性的皮肤开始收缩，变成一片密密麻麻的小孔状，这些针尖般的小孔中都吸附着纳米般的微小水珠，亿万个水珠均匀地布满海豚全身，也就是说海豚披挂着一层奇妙的"水皮肤"，而水与水之间几乎就没有什么摩擦力，所以海豚要是兴奋起来，能一个猛子扎进水下三百多米的深处，能一个飞跃冲出水面，在空中以迅雷不及掩耳之势来个360度的旋转；当饥饿驱使海豚追赶鱼群时，甚至能与人类的鱼雷快艇并驾齐驱。

海豚最大的特点是喜欢过"集体"生活，有时数百只海豚共同生活在一起，前进时排成浩浩荡荡的队伍，所以形成"过龙兵"的壮观气势。在偌大的海洋里，海豚具有超级的团结力量，超级的"群众智慧"，超级的相互关爱。最让人感动的是它们对下一代的爱，这绝对超过人类最伟大的母爱。因为人类的母爱是有条件的，就是爱自己的儿女，而对别人家的儿女，就要大打折扣了。然而海豚却不然，母亲对自己的儿女和对其他海豚的儿女，全都一视同仁。群体之间的相互关心相互保护融合着浓浓的情感，但对下一代，也就是对小海豚，爱得几乎就感天动地，只要是小海豚有危险，所有的海豚都会奋不顾身地冲上前去抢救；任何一个小海豚出现不舒服的症状，哪怕游动的节奏稍微慢一拍，都会被父母及众多的叔叔阿姨们投以高度的关注。由于海豚只要生病或受伤，最常见的情况就是不能浮到水面上呼吸，所以，众多海豚用头将垂危的海豚顶出水面呼吸，这是海豚队伍中最多也最常见的抢救方式。用脑袋顶着同伴浮出水面,是相当艰难劳累的动作。所以大家就排队换班,轮流上前顶替,甚至连顶多天,完全像在水面上架起一张病床,直到垂危的海豚苏醒痊愈。可一旦抢救无效,海豚们却特别珍重死去同伴的尸体,绝不允许其他海洋动物跑过来撕咬吞噬。为此,会有更多的海豚簇拥着死去同伴的尸体,像守灵一样长达十多天,直到尸体开始腐烂而不会被其他动物前来撕咬为止,从人类的角度来看,这无疑是悲壮的葬礼。

小海豚不幸病故,母亲绝对就像疯了一样将死去的孩子顶出水面,一定要它重新呼吸。有时一个母亲连续多天顶着孩子的尸体,并为此停止觅食,直到自己因饥饿劳累衰竭而死。据水族馆的人士说,一旦小海豚死去,母海豚会奋不顾身地设法让小海豚复生。工作人员为了保护母海豚,必须尽快将小海豚的尸体打捞起来,可没想到却如此艰难,母海豚千方百计地护着小海豚,勇猛而灵巧地避开试图靠近的工作人员,有时这样的游击战进行多天,令工作人员大为劳累而大伤脑筋,不得不与海豚母亲展开长久的耐力比赛。

前面说过,不仅是自己的孩子,别人的孩子也一样,也就是说只要是孩子,所有的海豚都义无反顾。在美国加利福尼亚海洋水族馆里,海豚看到一条幼虎鲨总是潜伏在水下,因为虎鲨是真正的鱼类,压根用不着到水面上呼吸。但善良的海豚却以为这是条无法到水面呼吸的小海豚,因此积极上前搭救。其实虎鲨是海豚的凤敌,但海豚却实施高度的善良,竟然连续8天把它托出水面,结果这条倒霉的小鲨鱼终于因无法呼吸而丧了命。从人类的记载上可以看到无数这样的故事,一个小孩子掉进海里,眼看就要淹死的关键时刻,却冲过来一群海豚,将孩子顶出水面,并一直这样顶着,直到岸边。有海洋动物学家认为,海豚救人的美德,来源于海豚对其子女的"照料天性",海豚误以为溺水者是同伴们的孩子,其抢救的行为是一种不自觉的本能。凡是在水中不积极运动的物体,几乎都会引起海豚的注意和极大的热忱,成为它们的"救援"对象。有科学家做过许多试验,结果表明,海豚对于面前漂过的任何物体,不论是死海龟、旧气垫,还是救生圈、厚木板,都会做同样的事情。

事实上,海豚并非科学家说得那样简单,它们不但会把溺水者推到岸边,而且在遇上鲨鱼吃人时,海豚会见义勇为,挺身相救。有报道说:1959年夏天,"里奥·阿泰罗"号客轮在加勒比海因爆炸失事,许多乘客都在汹涌的海水中挣扎。不料祸不单行,大群鲨鱼云集周围,眼看众人就要葬身鱼腹了。在这千钧一发之际,成群的海豚犹如"神兵天将"突然出现,向贪婪的鲨鱼猛扑过去,赶走了那些海中恶魔,使遇难的乘客转危为安。在新西兰首都惠灵顿,有一座造型别致的海豚纪念碑,上书"天才领航员杰克",而这个"杰克",就是一只海豚。据史书记载:1871年的某一天,帆船"布里尼尔"号行经新西兰科克海峡,因天气突变,在狂风暴雨中,帆船被迫困于"死亡海峡"整整一天一夜,因为四周全是可怕的暗礁,只要有丝毫的轻举妄动,就会遭受灭顶之灾。绝望的船员们束手无策,只能是听天由命;船长无力地在胸前划着十字,向上天祷告。突然,他眼睛一亮,一条银灰色的大海豚从惊涛中跃起,游到帆船前,一面继续游动,一面不时回首盼望,仿佛在说:"请放心,朋友,我知道怎样冲出迷途,摆脱死神。"船长像在夜航中看见灯塔,想也不想就下令紧随海豚前进。大海豚七拐八转,终于把"布里尼尔"号领出了恐怖之地。

从此,奇迹出现了。这只银灰色的海豚始终徘徊在海峡附近,年复一年地为过往船只领航。每逢有船来到,它总是跃出水面,摇摇尾鳍表示欢迎,带着船只绕暗礁、躲激流,使人们得以摆脱危险,船员们亲切地称它为"杰克"。"杰克"活了四十多年,在这四十多年中,它却能四十年如一日地充当义务领航员,最后在1912年悄然逝去。当人们再也看不到"杰克"的身影时,非常焦急而难过,派出船只四处寻找,最终潜水员找到它的遗体,人们激动得流下热泪,并且为它举行了隆重的葬礼,并在这只海豚身上覆盖国旗,多年后又为它精雕了铜像。从这个真实的记载来看,海豚是多么有灵性的动物,甚至可以赞美它有超越人类的德行。写到这里,我不仅想起海神娘娘点灯引路的传说。在我们中国沿海的渔村,所有的老渔人都会讲这样的故事,当渔船遭遇几天几夜的风暴,绝望之际,突然在惊涛骇浪中闪出亮光,原来是海神娘娘的身影。那这是不是海豚前来救助而造成神灵般的传说呢?

我们经常讲,除了人类有自杀的行为以外,动物们是绝对不会自杀的。自然界的严寒酷暑,暴风骤雨;天敌凶狠的杀戮和撕咬,绝不会使动物们失去活着的兴趣。即使是在被严重污染的光秃秃的礁石上，一些鱼虾蟹子和甲壳类动物们，还在顽强地挣扎，拼命地活着。但与海豚有过亲密接触的人却惊讶万分地发现，海豚会自杀。当海豚病痛严重到不能承受之时，会自动停止自己的呼吸动作，将自己憋死。这时，你无论怎样帮助和鼓励它，它也坚持着不再吸入下一口气。这往往令人类不敢相信却又肃然起敬。然而，人们还发现，当人类在一群海豚面前杀害其中一只海豚时，所有的海豚竟悄然无声地一旁静观，没有恐惧，没有反抗、没有悲伤，也就是没有任何表示。当然，人类并不能识别海豚喜怒哀乐的表情，也感受不到海豚内心的忧伤和愤怒。不过，这种悄然无声，却让人类难以琢磨。科学家一再说，海豚的智慧多么多么的高超，传达信息犹如人类最先进的电脑系统，搜索鱼群有着精密的声呐功能。那么如此高超的，团结协作精神很强的海豚，为什么在同伴被杀害之时却超然地冷静？

人类自己常说的一句名言：最高的轻蔑是无言。从来不伤害人类生命的，并且对人类还救死扶伤的海豚，也许是在鄙视人类的愚蠢和残酷。不过，一位哲学家对我说，海豚也许有思想，这个思想使它明白弱肉强食的残酷规律，捕杀吞食弱小的鱼类，是生存的必须。所以，它也无可奈何地认识到，自己被更强大的人类捕杀，也是一种必须。问题是人类的生存确实必须捕杀可爱的海豚吗？

顽 固 的 胖 头 鱼

胖头鱼是猎杀小虾的杀手，所以学名"虾虎鱼"，而且种类形象各异竟达七八百种之多。渔人却通称它胖头鱼，是因为它有一个其大无比的头，这头肥大到至少占整个鱼身的两倍，腮帮子似乎从腰部隆起，贪婪的大嘴张开，你会感到只是个鱼嘴在游动。渔人对此有绝妙的形容——去了尾巴就是头！

公说公道，造物主对胖头鱼不太公平，让它生就头大身小，鳍短尾秃，游动艰难，无法升到水面上见阳光，终生像秤砣般沉落在阴暗的海底爬行。问题是胖头鱼并不自惭形秽，也不多生浪漫之想，更无怨屈悲哀之感。这家伙很实际，它想，反正我是这副模样了，尽最大努力活着吧！为此它决不东张西望，好高骛远，目光所及之处，全是它能迅速达到的地方。谢天谢地，胖头鱼胸前竟长了个吸盘，使它每爬一步都结结实实，即使是爬到陡峭的暗礁，也会牢牢地吸附在上面，绝不会失足跌落。

看到四周舞姿翩翩的鱼类，胖头鱼当然也深知自己的不幸。于是它发挥自己的长处，张大自己脑袋上的特大嘴巴，虎视眈眈地注视着周围的世界。它头脑极其清醒，只有这张特大的嘴巴才能补偿它所有的不幸。胖头鱼发誓要吃遍这个世界的美味，要挑选美上加美的海味进餐。这种意识造就它一副极其凶狠的吃相，只要靠近它身边的鱼类，它就猛扑过去撕咬，完全像面对血海深仇的凤敌。先天不足没有令胖头鱼气馁，反而成为它奋发图强的动力。胖头鱼在心下狠狠地想，它要咬碎先天已足的一切，咬不死它们也至少咬它个后天不足。在生吞活咬中，胖头鱼发现自己有个绝妙的长处，它瘦小的肚皮竟能承受巨大嘴巴吞食的一切，显示出相当的弹性和韧性。这使胖头鱼狂喜不已狂吞不止，把肚皮撑得和脑袋一般大。然后，它再用吞食一切的力量来排泄一切，想方设法地将肚皮里的东西排光，继续产生永无休止的饥饿感，再去无休无止地吞食。这种百吃不长肉的技巧使胖头鱼始终骨瘦如柴，像乞丐一样挺着个饥饿的大脑袋。更占便宜的是渔人嫌它实在是无肉可食，所以不捉它不捕它，这就更使胖头鱼从容自在地活着。

胖头鱼并没因为得到这么多的便宜而沾沾自喜，得意忘形。反而更加做悲苦状，老老实实地伏在沙窝子里。当然它不是老实，是蓄满杀机地埋伏。胖头鱼知道自己没有追逐和飞跃的能耐，便采取

守株待兔的伎俩。它精心选择鱼虾出没之路，暗礁咽喉要道，极耐心地守候等待，一旦可食之物游近，就以迅雷不及掩耳之速势，大嘴一张，突地将食物吞吸而进。吞进之后，并不像其他鱼类那样激动地咀嚼，却是立即恢复原来状态，一动不动，仿佛什么事也没发生过。这就使近在咫尺的其他鱼类毫无察觉，继续放心大胆地送进胖头鱼的嘴巴里。最可钦佩的是胖头鱼的沉着老练，当鱼虾接近它时，它能静得和鹅卵石一样，决不露丝毫声色。特别是目标靠近胖头鱼有效捕咬范围边缘时，更见其老练沉着的功夫。胖头鱼早已计算过它捕向猎物的尺寸，因此即使猎物还差一根发丝的距离，它也决不妄动。有时一只小虾在胖头鱼嘴边一连转悠几个小时，由于只差那么一丁点距离，不能保证百分之百的成功，所以胖头鱼也就几小时若无其事地忍耐，还是静做卵石状。胖头鱼决不打无把握之仗，只要它出击，百发百中，无一次失误。

　　为了让自己活得更有滋味，更幸福。胖头鱼张开大嘴吃四方，尝遍美味之后，这才悟到美味之冠是虾。于是，有些胖头鱼的胃口吊得极高，除虾不吃。即使是吃虾，也选那些虾中之最，也就是鲜嫩的小虾。表象笨拙的胖头鱼总能及时地寻找到小虾群，并相当成功地埋伏其中，关键时刻大口一吸，数十只小虾倏地消失在胖头鱼黑洞洞的大嘴里。胖头鱼冲进小虾群中，犹如虎狼冲进绵羊群里，大嘴一张赛过强力吸尘器，刀切豆腐般所向披靡。近些年虾的数量减少，胖头鱼并不为此检讨，它的嘴再大，难道能大过人类的捕虾网吗？人类一个小时捕到的虾，够胖头鱼吃一百年的。但虾的数量减少,使胖头鱼和人类一样感到危机。但人类有办法,开始建造养虾池,很快,养虾池里就游动着一群群的虾。胖头鱼闻风而动,雄赳赳地要去占领虾池。但养虾池与大海隔绝,是个独立的小世界。其间只设一个小小的通道,让海水流进养虾池。但人类早就预料到虾的天敌会跑来偷吃虾,所以这个小通道壁垒森严,并安装了连蚊子也钻不过去的细网,一些想吃虾的鱼类急得发疯,在细网外面无可奈何地转悠着,暴躁着,最后只得放弃。胖头鱼那个硕大的脑袋更是无法钻过去,但它却不那么容易撤退,而是藏匿在虾池通道外面精心策划。很快,人类就在虾池里发现胖头鱼的身影,不禁大吃一惊。这只大头大嘴的家伙能进虾池,除非它会飞。然而胖头鱼不但不会飞,连游泳的速度都慢得像海龟。有专家来调查研究,这才发现,原来胖头鱼在通道外面安营扎寨,大量地产卵,刚产出来的卵子微小如蚁,当然就能从细网眼儿中钻过去。胖头鱼长长地舒了一口气:下一代有饭吃了。难怪学者们在文章里战战兢兢地写道——虾虎鱼,吃虾如虎,是虾最大的天敌……

然而,在茫茫远阔的大海里,竞相奔游的鱼族中间,胖头鱼还是显得相当愚笨和艰难的。它在偌大的海底沙丘上缓缓爬行,无论怎样奋力也只能扑出寸步之远;然而让你惊讶的是,胖头鱼对自己的处境相当清醒,它知道自己极其简单的生理结构逼使它永远在海的最底层爬行,无法升高一步。它知道自己如此窝囊地活着不如不活,它知道任何一条鱼只要沦落成为胖头鱼,那是绝对没有信心活下去的。但可敬的是,如此清醒的胖头鱼却从不悲观失望,并且极有滋味地活着,它甚至觉得它比其他鱼活得还要幸福。为此,胖头鱼最重视的一件大事就是娶亲生子,传宗接代。一条胖头鱼如果不能生儿育女延续香火,就会羞辱万分,痛不欲生。一些高贵的黄花鱼、加吉鱼产卵之后,往往毫无责任感地扬长而去。胖头鱼却不然,它对生育后代相当认真严肃,它从不被爱情的浪漫所迷惑,寻找配偶也不怎么注意相貌美丑,关键注意雌鱼下体是否结实宽阔,易于产卵生崽。双方相见,一旦条件合适,便一拍即成。它们很有理性和责任感地选择或营造巢穴,从入洞房到做爱,全都是理直气壮并牢记目的,那些激烈的动作不是欢娱而是完成神圣的延续生命的任务。

胖头鱼神色庄重地完成交配任务后,便更加神色庄重地守卫子孙后代。它们严密地保护着即将变成小胖头鱼的卵子,充满敌意地扫视着四周的一切。这时,胖头鱼英勇无比,敢于同所有强大的敌害拼搏,连它们平日里惧怕的武士蟹都让它三分。胖头鱼的个头并不大,但在护卵时,却威力无比像一颗炮弹,猛打猛冲,似乎也有了弹跳飞跃的能力。应该说胖头鱼是全世界最优秀的父母,为了下一代的生命安全,它们拿出了超鱼的力量。从卵子到小胖头鱼的过程,它们不休息不睡觉不进食,忍受着剜心刮胆的饥饿,每分每秒不离一步。最后,胖头鱼饿得只剩下牙齿,连巨大的脑袋都缩成了皮囊。但这时的胖头鱼更凶狠凶恶凶猛无比,因为格外裸露的牙齿更加尖锐锋利。当小胖头鱼破卵而出,开始晃动着笨拙的大脑袋时，老胖头鱼这才长松一口气，终于有了接户口本的，终于有了延续胖头鱼家族存在的香火了。它含笑放心地闭上眼睛，因为它已为儿女们耗尽了生命。

　　大海风云动荡变幻，前途莫测，风暴恶浪，敌害捕杀，环境污染。许多鱼种渐渐消亡，一些高贵的鱼忧伤地死去，一些强壮的鱼远走他乡。现在，由于捕杀过度与污染严重，当你再次潜进大海，沙漠般空空如也的海底，死一样的寂静。但你只要在这死寂中等上一分钟，就会发现一些坚强的生命在爬动，那就是胖头鱼。它们的脑袋还是那样硕大无比，虎视眈眈的两眼闪现着视死如归的亮光。更令你瞠目结舌的是它们竟然还在不屈不挠地做爱，为下一代的生命呕心沥血。

　　面对如此严酷的生存环境，胖头鱼毫无顾忌地尽心尽力地制造生命，这种力量来自一种什么样的信心和心态？你不能不对它表示费解的同时产生敬意。然而，无论胖头鱼顽强或是顽固，但只要它百折不挠地活着，就会给死寂的大海带来一丝奇妙的活气。

秀 才 黑 鱼

海里有很多有学问的鱼。但有的鱼外表形象似乎相当有学问而实质上没有学问,有的鱼实质上有学问但外表形象呆蠢笨粗。当然,也有真正表里如一有学问的鱼,那就是黑鱼。

黑鱼有瞪着的大眼睛和大圆眼圈,完全像架着一副克利克斯近视眼镜。而且嘴角下撇,显示出一种知识渊博的清高。更令人炫目的是一枚枚排列整齐的鳞片,闪射着丰富而又深奥的哲学光彩。黑鱼最漂亮的是脊背上的鱼鳍,也同牙鲆鱼鳍一样,像折扇般合拢并展开。但牙鲆鱼是向四周平面展开,而黑鱼鳍却是向上高高竖起,俨然一面旗帜,也就格外惹眼并风度翩翩。黑鱼最重视鱼鳍,每天梳理得净洁整齐。即使一条黑鱼混得丢盔掉甲或贫困潦倒饿得精瘦,鱼鳍也依然风度翩翩地耸立。

黑鱼深知自己有知识有水平,不能混同于一般鱼虾,所以总是浮在海底的上层,无论何时何地,也决不下去沾一点泥沙。一般的黑鱼一生也不会接触海底,病死老死也将尸体漂上水面。底层的鱼虾只能望见黑鱼满腹经纶的肚皮,不禁产生一种遥远的尊重;但有时也能看见肮脏的屁眼,因此,未免说一些不敬之词。然而,黑鱼虽然漂浮于海底的上层,却甘居水层中间,并不仰慕更高的上层,从不因为阳光灿烂或月光柔润而跃出水面。它甚至鄙夷上层水域,淡然功名利禄,心安理得地在中层水域做学问。海里的大部分鱼都有上下对游的习性,底层鱼有时升腾到上层水域开开眼界,上层鱼也下潜到底层寻觅土香。这种上下折腾,中层水域便不断有鱼影窜动。黑鱼不是视而不见,而是不动声色地看把戏。它们自己决不加入升沉行列,安然我行我素浮于中层。

如果你经常潜入海底,你就会发现上不去下不来的黑鱼并不全是清高,它有时是惧于底层泥沙的污浊,畏之上层水域的波涛。所以,在优哉游哉的中层水域,黑鱼才可以从容徘徊,摆出一副学者姿态。黑鱼用不着像底层鱼那样在沙丘暗礁中滚打摸爬,也用不着像上层鱼那样在起伏的浪涛中战风斗浪。为此渐渐心宽体胖,动作迟缓,即使是敌害侵来,逃跑的姿势也不仓皇。旁观者见黑鱼如此绅士风度,便更加敬服,以为黑鱼是勇敢沉着。按道理说,黑鱼一生应该是清静平安,滋滋润润。可惜,它有知识,整日里深刻思索,无休止徘徊,痛苦万分。也许黑鱼的位置承上启下,既能仰视上面又能俯视下面,知道的情况太多,再加上它又天生有一种关注一切的习惯,便日渐活得沉重。

在动荡不安的大海里,所有的鱼类都在练习两种本领,一是觅食本领,二是逃跑本领,也就是活得好和活得长久的本领。这种生命第一的原则使大多数的鱼顾及不了自己的形象,它们往往长得尖头尖脑,野蛮勇武,而且脑袋退化得只能记住两件事物,一是怎样有力气吃饱肚子,二是怎样有力气逃命。唯有黑鱼不注重力量而注重智慧。它的脑袋发育得越发完美,更有博士形象。但脑袋太大,游起来有阻力,这就使黑鱼不由自主地摇头晃脑步履蹒跚。在其他鱼类看起来,以为是在吟诗赋词。

前面说过,黑鱼的眼睛又大又亮,完全像水晶镜片那样闪闪发光。但无论多么老道的黑鱼,总有股天真的孩子气,认真观察你会发现稚气全来自它那两个大眼睛,原来是两个大近视眼。近视眼看什么东西,总要尽力靠近。黑鱼发现什么事物便是这样,大大地瞪着茫然的眼睛贴上去,似乎要亲吻什么,又可笑又可爱。

渔人钓黑鱼,也从容不迫学者风度。将渔钩放到海底,再缓缓往上提几码,让渔钩在水层中间老练地晃悠。黑鱼见异物,纷纷围上来研究,一对对大近视眼几乎撞到渔钩上。有时渔人性急,突然提钩,往往会碰巧挂上一条黑鱼。当众多的黑鱼中间,有一条黑鱼咬钩,被渔人拽了上去,其余的黑鱼便大惑不解:同伴怎么会原地不动就腾空而去呢? 由于大惑不解,黑鱼们并不惊慌失措地逃散。而是原地不动地摇晃着大脑袋思考,太不可思议了! ……渔钩又垂下来，众黑鱼又好奇地围拢上去，亲吻渔钩似的迫切研究起来。结果是又一条黑鱼腾空拜拜了。它们继续大惑不解，更以为这事奇妙。没办法，只好一条又一条地被"研究"上去。渔人都有这个经验，只要在一个地方钓到一条黑鱼，紧接着就会一条又一条，完全像黑鱼在下面排队等着咬钩似的。

在水下用鱼枪打黑鱼，比在岸边钓黑鱼还容易。一条黑鱼被击中了，在枪杆上痛苦地扭动。另一条黑鱼却傻呵呵地游过来，研究它的同伴怎么会出现这种高难动作，于是很轻易地又被击中。渔人乐不可支，因为其他的鱼只要听到异常声音，不管是否危险首先是撒腿逃窜，逃得越远越快越好，它们也从不回头看看逃得是否合理，也决不吝惜逃跑的力气，宁肯错逃一千次，也决不放过一次正确逃跑的机会。但有智慧的黑鱼决定要研究出个究竟来，所以吃一百次亏也没记性，简直就是前赴后继。连渔人都有些可怜这些家伙，学问太多，愚了！当然，黑鱼也会总结经验，失败是成功之母。渔人的鱼枪毕竟锋芒毕露，过于明目张胆了。于是，黑鱼全体开始逃跑，它们判定鱼枪的威胁来自东边的方向，便向西边的方向逃跑。应该说这是最合理最有效的逃跑方式。但渔人早就有安排，另一个渔人在西边方向提前埋伏。当黑鱼们判定西边方向有危险时，就立即向东跑，这样又被东边的渔人打了个正着。它们再向西逃，又被西边的渔人阻击。一群黑鱼就是这样跑来跑去，最终全军覆没。但它们真真的不明白，东边危险往西逃，这是最合乎逻辑的道理了，为什么在实践中却惨败呢？

被提出水面的黑鱼更不明白了,所以它们即使是停止呼吸,也永远瞪着充满知识的大眼睛,就是"死不瞑目"。但它们在最后一刻,也照样不悲哀不惊慌失措,那大瞪着眼睛其实是在表明它们的思索和质疑——这不合乎逻辑,这不合乎逻辑……直到下锅烧熟端到餐桌上,黑鱼还是瞪着不合乎逻辑的大眼,而别的鱼早就焦头烂额地认输了。

在爱情方面,黑鱼也不同其他的鱼那样粗野,一般鱼类的爱情往往是直截了当,不问对方年龄姓氏家庭出身文化程度。双方一见面就激动得像"仇人"相遇,发了疯地追逐,拼了命地厮打,男鱼甚至能将拒绝不与自己谈情说爱的女鱼咬得伤皮掉鳞。为此,到了爱情的季节,男鱼女鱼全都失去理智,旁观者完全会认为它们这是在进行一场你死我活的战争。黑鱼瞧不起这种野兽般的疯狂相爱,那根本不是爱情。爱是美好的,温柔的,神圣的,是没有什么利益和什么目的性,爱情甚至和娶亲生子也没关系,爱情就是爱情。

爱情的季节到来了,黑鱼个个精神焕发,浑身鳞片也闪射出比以往更鲜艳的色彩。但它们首先是很理智地唱着情歌,先相互沟通思想。吱吱的情歌在水域里传得极远,把敌害也引来。但这并不妨碍黑鱼对爱情的忠贞,在爱的面前绝无胆怯可言。真正的爱情要光明磊落,万万不能草草行事。思想感情终于沟通了,但这还不行,不能那么快就进入性关系,否则是对爱的亵渎。相爱的男女黑鱼开始在广阔的水域里跳舞,各自拿出最高的技巧,跳出最优美的花样。

缠缠绵绵，贴贴离离，悲悲切切，欢欢喜喜，似乎要这样跳一辈子。终于，最高最神圣的爱情来临了，男鱼女鱼开始发疯般地动作起来。逃跑式的挑逗，追逐式的激动，将爱情燃烧到高峰。高峰之际当然是交合，男女黑鱼生生死死地扭结在一起，成千上万个子孙后代纷扬而泄，在水层里自由落体，寻找生路，因为这真正是没有任何其他目的的爱情。然而，爱情的程序太正规也就太烦琐。这往往节外生枝：例如第三者插足，见异思迁，夜长梦多；或因过于讲究爱的形式，时间拖得太长，使敌害侵入，造成许多悲壮。相爱的一方被敌害吃掉，剩下的一方就痛不欲生，或誓死不嫁或郁郁寡居而死，终生唱着永不忘记的爱情之歌。

胖头鱼对黑鱼的爱情过程最不理解，说是太麻烦了，早晚还不是一回事，生崽子呗！

黑鱼对胖头鱼不屑一顾，认定胖头鱼既没文化又俗气。尤其是胖头鱼的一脸吃相，黑鱼干脆就无法容忍，工夫全用在吃上，这样的鱼活着还有什么意思和意义！

总之，黑鱼的生活还是比较文雅和稳定，下面水层翻腾上来的渣滓，上面水域撕咬掉落下来的碎肉，足够黑鱼过着小康般的生活。这种平静的生活本来可以无止境的延续下去，然而海洋遭到污染，水质有了毒素，食物日渐减少，生存出现危机，这就逼得黑鱼无法做学问。不做学问也就使黑鱼失去了尊严，因为它们不得不无可奈何地硬着头皮或厚着脸皮沉下底层水域，在混浊的泥沙中寻找食物。但它们毕竟斯文气太重，不能毫无顾忌地撒野和肮脏，常常在它们压根瞧不起的胖头鱼面前忍气吞声，丢尽面子。不过，渔人渐渐发现，黑鱼开始出现了种群的分化。也许过于斯文而经常吃亏，终于使一部分年轻的黑鱼开始反省，不能再像老辈黑鱼那样死板地活着。于是这部分黑鱼就不太安分，它们纷纷离开正统的群体，毫无目标地到处流浪，哪里有意思就去哪里，哪里不安全就赶紧逃离。这些头脑机灵的黑鱼越来越多，也就自动地组合成新的黑鱼群。但这新的黑鱼群却没有固定的地盘，也没什么规矩，有时会在牙鲆鱼的队伍里出现，有时混在胖头鱼的群体中，有时简直就像流窜作案的毛贼，在水层中间东奔西走，呼啸而过。长久不安分地奔波，使这些黑鱼的体态发生了变化，肚腹收缩，脑袋变小，略有些流线型。有了流线型的改变，也就有了速度，这些黑鱼也就不安于原地踏步，斗胆长途跋涉，四海奔游，更练就它们精明强悍的生存本领，一个个眼观六路，耳听八方。渔人用渔钩的伎俩很难弄到它，鱼枪就更是望尘莫及了。由于这种黑鱼比常规黑鱼体瘦肉薄，骨刺却多，渔人也就不在它们身上下功夫。这样反而使这帮不安分的家伙活得更安全兴旺了。

但老成持重的黑鱼却瞧不起它们，本来是流线型的身体，却硬说是尖嘴猴腮；本来是机灵敏捷，却认定是鬼头鬼脑。直到如今，你潜进水下任何一处暗礁中，都会看到正统原版的老成黑鱼，它们顽固地死守中层水域，保持着稳沉和文雅。偶然有几条不安分的跃到上层水域，但不多时便显出狼狈相。它们大腹便便的体形和慢腾腾的举止，在风浪奔涌的上层水域无法生存。上层水域可以看到亮堂的日月,这就更使黑鱼受宠若惊又眼花缭乱,再加上上层水域鲐鱼鲅鱼炮弹般的速度与横冲直撞的作风,惊得黑鱼目瞪口呆自叹弗如。但它们私下却又忿言——如此霸道抢食,也太不雅观了!

终于,老成持重的黑鱼还是安分守己,原地踏步地生活着。保持着海洋里最传统最正宗的黑鱼种群,只不过由于太稳重,而缺少运动,体态愈加发福,鱼肉虽然不如其他一些终日奔命的鱼类紧凑,但香喷喷的脂肪和营养丰富的蛋白,正是渔人寻求的价值,逮到一条这样的黑鱼,便不伤皮肉整体放进沸汤里煮。不加任何油盐酱醋佐料,却能煮出味道相当鲜美的汤来。更奇的是,全身乌黑的黑鱼,竟能煮出雪白的汤,而且越煮越白,雪花一样地翻滚着白沫。端上餐桌,点上几撮香菜,众人挥勺,鱼香气通鼻窜胃,真正鱼的精华。

浪漫的悲剧三部曲

那对乌黑的眼睛

全世界的生物都在谈情说爱，在这浪漫的情感之中，生命得以延续。人类当然是首当其冲。但因为有智慧，进而就有花言巧语，口是心非，故作多情，利益参与，为此浪漫的纯度要大打折扣。山林中野兽们的浪漫，因地势险峻，明枪暗箭，惊恐之中而多长精神，无法尽心尽意的浪漫。真正不顾死活的疯癫欲狂的浪漫，还要数海洋里的生物。如果你能听懂海的语言，你就会惊心动魄地感到，在那日夜骚动的大海里，滚动着一片我爱你你爱我的呼喊。

渤海是盛产大虾的宝地。阳光穿透海面,水层中融进金色的温暖。大虾成熟了,脱尽最后一层外壳的束缚,新生的盔甲锃亮耀眼,成千上万的男虾女虾们在爱情中升腾,沉寂的蓝色里涌起一片粉红色的欢悦。渤海湾里的大虾能箭一样地弹跳飞射,灵活得鬼也抓不着。深深的夜里,它们会借助黑暗浮出水面,享受清爽的海风摩挲;光天化日之下,它们又能躲避阳光深潜海底,在暗礁丛中享受宁静。它们既能顶风劈浪的逆行,又能顺水推舟般的高速前进,甚至能在敌害追逐的危难时刻,从容不迫地谈情说爱。有这么多能耐的虾,按理说应该是所向无敌了,但却不得不败在人类的手下。因为人类有智慧,他们看准了,再灵巧的虾也要娶亲生子,所以,只要是算准了虾的发情期,便可轻松降服为爱情而冲昏头脑的虾。

温暖的阳光像丘比特的情箭,穿透蓝色的水层直射到男虾女虾们的心尖上。脱尽最后一层甲壳的束缚,新生的盔甲锃亮耀眼,就像结婚的礼服。千百万的男虾向千百万的女虾发起猛烈的爱的攻击,男虾女虾们开始燃烧爱的激情,激情一旦暴发,爱的信号爱的语言爱的气味就放肆地膨胀,爱的情感爱的热血爱的力量万箭齐射,这是一年一度虾界群体盛大的婚礼,蓝色的沉寂里涌起一片暖色的欢快。爱火炽烧的男虾们确实更加急切更加疯狂更加忘乎所以,并更加奋力追击。浪涛被爱的热情所感动,也不由自主地为爱推波助澜。这实在是一场战斗,一场你死我也不活的爱的厮杀。男虾们挺直身躯,几十对虾腿一齐划动,坦克履带般的甲壳排列整齐却又节奏鸣响。他们绝对地全力以赴,绝对地猛打猛冲,绝对地所向无敌。他们对爱的舍生忘死使全世界的生物为之惊叹。所有的女虾们全都纯洁无比,忠贞不贰,她们决不考虑门户地位,也毫无私心杂念,她们全身心地迎候着爱,表面上看是羞涩式的惊慌,实际上她们急急奔逃的动作是一种挑逗,意在更加激起男虾们狂热的情感。所有的男虾们也都无限忠心无限忠诚爱得专一,只追逐它唯一的所爱。于是,异性相吸的爱情力量使男虾女虾们在辽阔的水域里迅速靠拢,不顾一切地融为一体,一阵"刷刷刷"的剧烈摩挲,做爱的劲头犹如战场上的肉搏战。男虾们确实专一,他们毫无保留地把整个精囊交给了女虾。用不着说"海枯石烂不变心",因为连爱的"根"都奉献给爱人,即使是遇到再美好再漂亮的女虾,他们也会无动于衷,因为他们连爱的器官也没有了!这就绝对地杜绝了第三者插足,绝对地不会喜新厌旧,绝对地不能另娶新欢。

由于彻底地毫无保留地爱,男虾们顷刻衰败变弱,他们像轻浮的空壳任水流拖动而无能为力。女虾怜悯地看着飘忽的男虾,知道她的爱人是为了她的爱情才不顾一切地毁掉自己,她急速地摩挲带着男虾体温的精囊,这是永恒爱的信物。女虾继续兴奋地爱抚着,像跳着优美的独舞。她在向男虾表示坚贞的决心:放心吧,我会珍重你给我的爱,我会全力保护这爱的结晶,直到永远。然而,她们永远也想不到,人类最贪馋的就是她们身上怀着的虾仔儿,吃起来有营养有滋味还特别的香。于是捕捉的兴趣和劲头就成倍地增长。那结实的尼龙渔网城墙般地排列在前进的路上,但爱情使浪漫的女虾目空一切,早就忘掉危及她们生命的凶险,以为整个海洋坦荡无际，全是幸福的空间。当她们突然撞到人类布下的渔网时，才猛然惊醒。然而此时，早就弱不禁风的男虾，在渔网前束手就擒。可女虾身负爱情的重任，却充满气力地去冲撞，用愤怒的虾须去刺网绳，她们如此的拼命精神绝对会击退凶恶的大鱼，可没有生命的网绳却坚不可摧。

不行，我一定要逃出去！女虾惊慌失措却又勇敢百倍。她们再次猛烈地冲刺，不惜粉身碎骨，因为她托着两个生命的爱情结晶。但正是如此，她比过去沉重了，不那么灵活不那么轻捷了，终于筋疲力尽，难逃噩运。人类的智慧、人类的贪婪对于她们就是绝对死亡。巨大的网包在人类的笑声中浮出水面，被渔网渐渐勒紧的女虾万分痛苦，失去了大海的呵护，失去了氧气，所有的女虾都在窒息中挣扎，犹如怀抱婴儿的母亲，她们用全身的力量保护着腹中的爱果，将挺直的身子艰难地弯曲下来，弓成一个不太情愿的句号。但这种痛苦的弯曲对人类来说"正合吾意"，并造成奇特的审美愉悦。一对对弓成圆状的大虾不但可以入腹，而且还可以入画。吃客们欢喜地尖叫：嘿，还有一肚子子儿哪！真香呀……

吃客们没有注意，被烧得血红的大虾还剩下两个乌黑的眼睛，这两个乌黑的眼睛无论如何也不会变色，就像在水里一样圆圆地瞪着，她在寻望她的爱人，她在惋惜腹中成千上万个因爱而结晶的小生命。

如今，渤海湾里的虾群已经荡然无存了……

海螺"上床"

　　海螺的外表酷似陆地的蜗牛,行动迟缓蹒跚。为此,海螺谈情说爱也是笨拙可笑的。平日里它们相当谨慎保守,各自默默地躲在暗礁丛里,稳如一个石块。但为了生存,它们不得不驮着坚实沉重的螺壳,四处爬行。然而,海底世界并不平静,海生物们相互残杀,造成危机四伏的局面。所以海螺每前进一步都三思而行,一旦有风吹草动,即使是极细致的声响,它们也赶紧将全身缩进硬壳里,并用脑袋上的护盖封住螺壳口。危险已过去大半天,它们还死死地扣在礁石上。直到它们确信没有一丝一毫的危险,才小心翼翼地探出触角,像无线电天线一样四处转动,充满警惕地倾听四周的声音。

　　海螺无论做什么事都极有耐心和涵养,就是饥饿得胃肠都痉挛之时,也表现出老练和稳重。它并不同要获取的小动物厮打,而是慢条斯理地,和风细雨地,悄无声息地解决问题。海螺最喜欢吃蛤蜊。可是蛤蜊有两片坚硬的贝壳保护,很难打开。海螺并不像蟹子那样凶猛地挥动蟹钳,也不像其他鱼类那样生硬地撞击,砸碎蛤蜊贝壳。它只是悄无声息地移动到蛤蜊旁边,完全像拥抱情人那样,将蛤蜊紧紧地拥抱在怀里,直到把蛤蜊拥抱得窒息而死。海螺吃相也极其文雅,它不狼吞虎咽,而是文雅地用自身长有的吸管插进蛤蜊的身体中,平平静静细细致致地吸食,并吸食得干干净净,不剩一丁点残渣,不留一丝痕迹。

问题是到了爱情的季节，海螺却一反常态，像其他的鱼一样疯疯癫癫。尽管它驮着沉重的螺壳，却能大张旗鼓地喧哗和骚动，几乎将三分之二的身体探出壳外，激动得像喝了二斤烧酒，张张狂狂摇摇晃晃，完全不顾死活。此时，所有的海螺都在放射着爱的信号，它们既能将爱的信号放射到几公里以外，同时也能收到几公里以外的爱的呼唤。成千上万的海螺发出的成千上万个热烈诱人的信号，在水下纵横交织，形成一张巨大而无形的情网。于是，仿佛谁突然吹响了爱情号角，四面八方的海螺闻声而动，它们越过高低不平的礁石、海藻林、松软的水下沙丘，疯狂地朝情网中心靠拢。任何生物见到海螺行走的样子都会觉得可笑却又痛苦。海螺行走太艰苦艰难了！由于它们没有脚没有手，只能靠触角和肉体在地面上摩擦蠕动，每小时挪动的距离只能是人类的几步远。然而为了爱情它们不怕苦不怕累不怕饥饿，日夜兼程，朝爱的方向艰辛挪动。它们完全像朝圣的信徒一样，哪怕皮开肉绽，鲜血横流也在所不辞。

　　爱情的号角在深深的海底无声地鸣响，不断向四周放射震波，吸引方圆数里海域的海螺们手舞足蹈般地奔波不止。第一批赶到的海螺立即紧紧拥抱在一起。它们过去压根儿就不相识，绝无往来，但在爱情面前，却毫不犹疑地亲密起来，完全像阔别多年的老友重逢。

　　第二批海螺赶来了，更是毫不犹疑地拥抱，第三批第四批……它们一层又一层地疯狂拥抱，相吸相靠，即使是几十几百几千个海螺,也紧抱得似一个海螺。在爱情的高潮季节,往往成千上万个海螺紧密相爱成一座巨大的海螺山! 这种集体婚礼令海洋里所有的生物都得行注目礼。

　　一个年轻的小花螺还在路上吃力地爬动,她是出生以来第一次参加爱的聚会。她本来躲在礁丛里安静的生活,陡然地感到一种异样的信号,这信号犹如甜美的歌曲,使她浑身激起一阵阵幸福的战栗。这从没有过的美好感受弄得她兴奋不已,胆量倍增。她不再像过去那样胆小怕事唯唯诺诺,一个遥远的呼唤向她内心注入力的电流,这电流使她激情膨胀,她要朝那遥远的呼唤奔去,去唱歌去快乐去将那鼓胀的情感尽情宣泄。小花螺吞吐着清澈的水流,花枝招展般地托起沉重的螺壳,朝她感受美好的地方努力靠近。

　　凶狠的螳螂虾挥动着尖利的双钳,横在路前;狡猾的寄居蟹也鬼鬼祟祟地瞄着她,要行不轨。要在过去,她早吓得一动也不敢动。可现在,爱的力量使她英勇无比,坦然而行。螳螂虾和寄居蟹惊呆了,面对一反常态的小花螺犹疑不决,终于没敢轻举妄动。

　　小花螺一个劲儿地向前奔,无论是亮丽的白天还是幽黑的深夜,她每分每秒不休止。当她终于接近爱情的圣地之时,千百个阿哥阿妹已拥抱成一个巨大的螺山。众多爱的心灵爱的肉体在一起撞击摩挲,喷发出让她喘不过气来的爱波。小花螺陶醉了,伸展着全身每一个部位,忘情地扑上去。

　　猛然间,她看到人类硕大的手掌向下伸来,进而看到一些令她胆战心惊的金属器具。顷刻,她的那些阿哥阿妹们在金属器具中翻滚碰撞。她模糊地认识到这是危险,但她却收不住向前的力量,爱情使她视死如归,她一直走进人类贪婪的手掌。离开水面的一霎时,她看到她身后还有无数个兄弟姐妹被捉上来,为一腔恋情前赴后继。

聪慧的人类哈哈大笑:海螺上床了! 海螺上床了!

上床,是人类性交的代用词。现在却巧妙地用在海螺交配行为上。人类早已掌握海螺的一切动向,精确计算它们的爱情季节和浪漫行为。人类知道,平日里深藏的海螺是很难捕捉到的,并不去白费力气。因为只要到了爱情的季节,就可以不费吹灰之力地俯首拾来,轻松得如囊中取物。得了便宜的人类在收获之后又说又笑,讲海螺的笨拙,讲海螺傻乎乎的爱,讲螺肉的滋味和营养,这营养能滋润人的生殖器官……

海螺们安静地躺在渔船甲板上, 包括那个还没来得及尝到爱果滋味的小花螺。应该说它们还是挺幸运的,因为它们听不懂人类的语言。

威 武 之 爱

蟹子们的爱情毫无美感,盔甲与盔甲喊哧咔嚓地碰撞摩擦,没有一丝一毫的温柔,却颇威武雄壮。

一只男梭子蟹在水中遨游，它伸直所有的腿脚，真正将身子挺成一枚长长的梭子，然后奋力划动两支橹片腿，飞一般穿掠水层。蟹子在海里最常见的动作是爬行，而且还是横着爬，即使是在平坦的道路上，也让旁观者感到坎坷曲折。现在，它却能出现这样的高速，连鱼类也为之吃惊，它们甚至以为这是在逃跑，因为只有逃跑，才能使动物们发挥出高难动作的本领。其实这时的男蟹比逃跑还快，简直就是一支响箭，冲得水花刷刷作响。然而却不是逃跑，而是追逐爱情。如果你仔细注意，就会发现它火柴棒状的眼睛格外突伸，并且不停地转动，扫视着四周的水域。如果你再懂点海洋生物的知识，你会明白这只男蟹正在燃烧爱的烈火。

女梭子蟹体形全都娇小玲珑，几乎比男蟹小一半。她们为此轻柔灵巧，舞姿翩翩，逗引得体形大一倍的男蟹神魂颠倒。女蟹一般是在水下海草中暗行，间或闪动着清亮的腿脚，朝男蟹斜视着含情脉脉的秋波。男蟹在水层上空疯狂地飞行，像一架架战斗机似的掠过海草和暗礁丛，一旦发现目标，便一个俯冲，直扑草丛中的女蟹。

前面说过，蟹子们的爱情不太有美感，事实也是如此。最初的接触完全是一场野蛮的厮杀，坚硬的盔甲相撞，尖锐的钳脚缠扭，喊咻咔嚓作响，你会觉得体魄巨大的男蟹蛮横无理，似乎在欺侮身材娇小的女蟹。扭打了几个回合，女蟹体力不支，开始仓皇逃跑。男蟹紧追不舍，再度凶猛地扑上前去。又重演开始的扭打动作，又是几个回合。几经折腾，爱火愈炽，情感愈烈，男蟹激动得要爆炸，搅得泥沙纷涌。就在这时,女蟹陡然停止了反抗和逃跑,一下子变得温顺无比,满含一腔柔情向男蟹偎去。极度焦躁的男蟹欢喜若狂,张开八条腿,全力拥抱女蟹。那真是钢筋铁骨般地拥抱,是任何一种动物难以承受的拥抱。一阵咔嚓作响的亲吻之后,男蟹和女蟹简直就凝固为一体。它们此时已经不管不顾,明目张胆地做爱动作,在人类看来绝对是恬不知耻,是流氓般的放肆。当然,有些男蟹女蟹相拥着寻找草丛隐秘处做爱,似乎像人类一样有羞涩之心。其实这种隐匿是怕同类的情敌前来骚扰,坏了即将入怀的甜蜜。从它们突然优美的步伐看去,你会奇异地感到,它们那坚硬的甲壳已被爱情泡软了,看来,爱情不仅有魅力而且有魔力。

草丛里涌起一片片咔咔嚓嚓的做爱声响,男蟹女蟹们沉浸在爱的欢乐之中,此时它们不仅失去了对外敌的警惕,而且也失去了任何反抗的能力。亲切厮缠在一起的蟹钳这时已柔软得像面条。

对渔人来说,这是最好捕捉的时机,平日里你费九牛二虎之力也难捉到的蟹子,这时完全像一块卵石任你摆弄。事实正是这样,渔人的手已经伸到蟹子跟前,甚至已经触摸到蟹子的腿脚,这些被爱情泡软的家伙还继续春心荡漾。渔人不客气了,猛地就抓下去。

猛然被渔人攥住的男蟹一下子清醒了,立即松开拥抱女蟹的腿脚,男蟹要女蟹快跑。但女蟹并不理解男蟹的意思,她正在享受爱的美好。当然她很快就明白发生了什么事,不过,她并没有逃跑,反而更加搂紧她的丈夫。她不是不敢逃跑和不能逃跑,而是不愿逃跑,那么雄壮那么热情那么爱恋她的丈夫被捕捉,使她万分难受万分痛苦,她不忍心离开即将死去的丈夫,她要用最后的力量和胆量向丈夫表示爱的忠诚。

渔人得意地大笑起来:这个季节捉蟹子,一捉就是一对儿,真合算!

一对又一对爱得难分难舍的蟹子被捉出水面,无能为力地散张着腿脚。失去海水的滋润,他们呼吸困难,神志模糊,不知怎么办才好。

哈哈,再叫你们想好事儿!渔人嘲笑着,把男蟹女蟹扔进鱼篓。

一对对跌散开的情人在鱼篓的狭小空间里,又重新挤在一起,所剩无几的爱情气味相互浸染,于是它们不但忘了恐惧,而且还利用生命的最后时刻相互表示爱情。但是干燥的空气越来越使它们无法呼吸,腿脚也渐渐僵硬,只剩下嘴巴还能勉强地翕动。于是它们拼命诉说着,诉说爱的美好爱的强烈爱的遗憾。由于它们感到时间不多了,便越发动心动肝地诉说着。可惜的是它们无论多么动心动肝,都无法战胜陆地世界的障碍,那些湿润的语句一出口,便被干燥的空气凝住了,只能形成一个小小的气泡。可怜它们竟不死心,还是发疯般地诉说,这些小气泡越积越多,开始向空间膨胀,犹如无数个亮晶晶的小珍珠堆在一起。正是这些珍珠般的小气泡,让它们的生命又维持了一段时间。看起来与人类一样,爱情的生命要比物质的生命更有生命力。

男蟹女蟹们渐渐停止了呼吸,但那堆小珍珠却依然不散,而且在阳光照耀下，反射出五彩光环，令打鱼人悦眼而顿生美感。为此，爱情季节的蟹子不但肉质格外新鲜且新鲜的时间要长。尤其是女蟹，由于怀着爱情的结晶，营养就格外丰富。渔人的体会是，这个时候捉蟹子，一是好捉，二是好吃。最关键是城里来的食者，一面挑拣一面挑剔地问，有子儿吗？有子儿就是怀卵的母蟹，所以母蟹的价格高过公蟹，有时甚至高过一倍。从实际价值上讲，含子儿的母蟹味道鲜香，营养丰富，当然价钱要贵。但从理论价值上讲，吃一只怀卵的母蟹等于吃一百只乃至一千只蟹子，多贵的价钱也不算贵。

　　为爱而死的蟹子，壮哉，哀哉！

远去的"相公鲨"

　　大海里有鲨鱼,就像山林里有虎狼,这就让人类恐惧。20世纪
50年代,辽东半岛和山东半岛周围的海,鲨鱼成群结队游弋,而且
非常猖狂。辽东半岛大连市有个老虎滩景区,这个景区紧贴着人烟
稠密的城市,但只要走下海滩,在一米深的水里游泳,就能看到诸
多的小鱼小虾,其中竟然有一些虎头虎脑的小鲨鱼。这些海上霸王
的小崽子,一生下来胆量就大,晃晃悠悠地游到你的眼皮底下,还
是那么优哉游哉地旁若无人。当你伸手去抓它时,它也不像其他鱼
那样逃命如飞,只是轻微地摆动一下尾巴,懒洋洋地躲开你伸过去
的手指。老渔人闪着谈虎色变般的眼神,说"三岁看到老",鲨鱼这
东西厉害呀,这么点就不怕人,长大了更他妈的要命。有点知识的
渔人讲得更令你心惊胆战,说鲨鱼的鼻孔比人的鼻孔灵敏一百倍,

海里的动物一旦受伤流血,鲨鱼在多少里地之外就能闻到血腥味,很快就能冲过来。人要是在海里受伤流血,必须迅速上岸,否则鲨鱼就能要了你的命。鲨鱼确实能要命,经常能听到某某渔村里的谁谁谁被鲨鱼咬断了腿,咬掉了胳膊;还听说光屁股的小孩手在海边玩,有只凶猛的鲨鱼竟从水里冲到沙滩上。所以当孩手们在海湾里戏水时,夫人就不放心地站在岸边高处瞭望,当看到远处的浪涛有突起的浪花时,就会高喊"夫鱼来了!"这时水里的孩手绝对就像山里的孩手听见"狼来了"一样,各个犹如受惊的兔手,以最快的速度往沙滩上逃窜。最惊心动魄的故事,是渔人在平静的海面上摇着小船,猛然间就有条大鲨鱼从船旁边的海里跃起,飞到小船上空,用刀片般的尾巴来个横扫,将船上的渔人拍打到水里,然后吞食……但鲨鱼再厉害,最终不如人厉害,经常就能看到靠岸的渔船上躺着条巨大的死鲨鱼。这巨大的鲨鱼是撞到渔网上无法挣脱,却又拼了命地挣扎,最终精疲力竭而死;再就是看到海浪中漂浮着一条死鲨鱼,拖到沙滩上细看,完全像遭到斧剁刀砍,伤痕累累惨不忍睹,原来是撞到轮船螺旋桨的叶片所至。

总之,那时鲨鱼多得不值钱,大多数渔人都懒得去捕捉。只是在闲着没事干的时候,傍晚吃饱了饭,一些渔人一面打着饱嗝,一面摇着小船,就在离家门口不远的海湾里,把一个个空酱油桶(当时商店里装酱油用的,像水缸大小的木制桶子)放到不远的海里,那些酱油桶在海面上"阴险"地漂浮着,因为桶子下面绑着一个硕大的铁钩子,铁钩上面挂着一块肉饵。鲨鱼见到肉饵,就发了疯一样地咬上去，当然就咬到铁钩上。鲨鱼很有气力，拼命地向海下面逃遁，也就把酱油桶拖到水下，但很快就被浮力很大的酱油桶拽到水面上，于是鲨鱼再次拼命地往水下钻，又将木桶拖下去，当然，又再次漂上来。这样反复多次，鲨鱼终手精疲力竭，不得不老老实实地垂挂在酱油桶下面，束手待毙。渔人安安稳稳地睡了一个晚上，第三天一早就摇着船来收获肥大的鲨鱼。

那时我读小学，星期天放假到海边游玩，最有意思的是听老渔人讲海的故事，很是惊奇和惊险。说陆地上有什么，海里就有什么。陆地上有狗，海里就有海狗；陆地上有豹，海里就有海豹；陆地上有人，海里也有人，只是长得丑，名曰"海夜叉"。海里的东西丰富着哪，还有一种鱼戴着相公帽子，像古代的秀才和县官呢！这就是"相公鲨"。"相公鲨"在水下游动时摇头摆尾地挺滑稽。不过，这家伙有心计，绝对狡猾，表面上它不像箭鲨那样凶狠，而是很温柔很可爱，你要是在水下扎猛子见到相公鲨，就会发现它一会儿在你左面摇摇脑袋，一会儿在你右边摆摆尾巴，真就像古时的秀才相公朝你作揖行礼。但你千万不能掉以轻心，这家伙其实是在迷惑你和观察你，首先让你放松警惕，然后寻找向你进攻的最佳角度和机会。当这家伙终于看准了你的弱点，就会以迅雷不及掩耳之势，张开血盆大口，露出一排锋利的牙齿，咔嚓一口就咬断你的骨头……啊啊，这些迷人而可怕的故事，伴着童年的月光，让我痴迷得目瞪口呆……

问题是我从来没看到渔人的酱油桶下钓上来过相公鲨。老渔人说，什么样的鲨鱼都难逃酱油桶上的肉钩，只有狡猾的相公鲨很少上当。这使我对相公鲨又佩服又恐惧。我的叔叔就是个老"海碰子"，经常潜到海底暗礁丛里捕捉海参鲍鱼。有一次他发现海参"搬家"，成群地在沙地上蠕动。不由得惊喜万分，要发大财了，便忘乎所以地一次次往深处扎猛子，却猛然发现一个怪物在前面摇头摆尾，天哪，这就是老渔人说的那种凶狠且狡猾的相公鲨。由于距离很近，我叔叔觉得必死无疑，竟然愣在那里不会动了。但相公鲨似乎没把我叔叔当回事儿，只是原地游荡。我叔叔这才缓过一口气儿，调转身子就跑，因为吓得要命，竟然屁滚尿流，而且在水里还拉了一泡稀屎。渔人们取笑他，是那泡稀屎臭得鲨鱼不追他，否则早就完蛋了。现在分析起来，是我叔叔并没有挑衅动作，所以相公鲨也就不咬他。因为我从书本上看到，相公鲨其实就是双髻鲨鱼。双髻鲨很少咬人，只是在受到惊吓时，才会发生伤人事件。如果你不用渔叉向它挑衅，双髻鲨是不会伤人的。这个说法看来有道理，我那个海碰子叔叔与相公鲨面对面，近在咫尺，却安然无事，说明相公鲨确实是"人不犯我，我不犯人"。

　　近年来电视上有了《动物世界》节目，我这才目睹到双髻鲨的真正模样，还真就像戴着古代的相公帽子呢。之所以说双髻鲨戴着相公帽子，是因为它的头部左右两面有突起部分。每个突起上各有一只眼睛和一个鼻孔。两只眼睛相距至少1米。最近的一项研究证实，如此宽阔的眼睛分布，对双髻鲨观察周围情况非常有利，再加上双髻鲨来回摇摆脑袋,就能看到周围 360 度范围内发生的情况。还有研究说,双髻鲨头部形状特殊,可以起到方向舵的作用,加大机动性;两个鼻孔远远分开,容易辨认气味。更新的研究证明:双髻鲨的奇特形状脑袋里,有化学传感器、电子传感器和压力传感器,这使它能分析气味,感知电场,并对海水的深浅和密度敏感,简直就是现代科学制造的电子鱼。前面老渔人说过相公鲨在水下见到人时,左摇右摆,像古时的秀才相公朝你叩头行礼,看来是有根据的,那就是双髻鲨在观察分析和判断,寻找进攻你的角度。

双髻鲨的游速非常快,而且性情凶猛,活动范围相当广,在海洋深处,在海滩浅水区,在江河入海口,在各种各样的海湾里,都可以见到它的身影。双髻鲨能长途回游,在北方的暗礁丛里捕捉鱼,在南方的珊瑚礁中寻找蟹。也有研究者认定双髻鲨被认为是危险可怕的动物,甚至命名双髻鲨为"食人鲨"。现在全世界约有十种双髻鲨,其中三种就被列入特别危险的名单里。一是无沟双髻鲨,也称大锤头鲨;二是卢周氏双髻鲨;三是平滑锤头双髻鲨。三者的区别在于脑袋前缘的形状,前缘平直而中间凹的是大锤头鲨;前缘外曲而中间凹入的是卢周氏双髻鲨;前缘凸出而中间不凹入的是平滑锤头双髻鲨。最后这一种双髻鲨是最为凶狠也是个头最大的,有报道说曾发现近五米长的双髻鲨。平滑锤头鲨多在北方较冷的海域活动,所以辽东半岛的渔人就用"相公"二字来形容它。双髻鲨是海洋中贪婪的掠食者,嘴巴长在头的下方,布满尖利的牙齿,一旦确定猎物的方向和速度,它就能准确地扑上去狠命咬住,胆战心惊的猎物很难逃脱。

当季节更替的时候，双髻鲨往往会组成浩浩荡荡的迁徙队伍，长途奋进，就像鸟儿迁徙，还像人类组织的旅游团。为此，世界各地都有双髻鲨的踪影，可能就有掉队的，也会发生一些故事。2010年10月14日的《福州晚报》报道《双髻鲨惊现福州餐馆》。记者这样报道：昨日，一条长约2.5米、重150斤的怪鱼出现在福州一家海鲜吧，引起食客争相观看。在海鲜吧里，鲨鱼躺在地板上，长尾鳍尖，腹部白色，体形酷似大白鲨，鱼头扁平像把铁铲，嘴巴隐藏在"铁铲"下方，牙齿尖利。两只眼睛位于两侧突出部分，又像两把锤子。很多围观的食客说，活了大半辈子没见过这种大怪鱼。餐馆老板告诉记者，是他当天早上花了三千多元钱在平潭海边向渔民购买的。这只鱼刚买到的时候还是活的，运到福州的途中死掉了。餐馆打算将这鱼冰冻处理，供食客按部位点食。据悉，这种鱼长这么大很少见，它的肉质细嫩，鱼头、鱼皮、鱼肉、鱼肚、鱼翅等都可以做菜。老板还介绍说："这种鲨鱼的头其实是个雷达头，可接收信号和发射信号。食用该鲨鱼头可以补脑。"记者咨询了相关专家，专家们表示，吃这种鱼头能补脑还有待考证。

啊，我们国人多么愚蠢又多么可笑！

其实双髻鲨曾经成群结队地活跃在我国四个海区，但过度捕捞和人类对海洋的污染，这些头脑精明的相公们只能是逃之夭夭，为此现在没有人知道这种鲨鱼，甚至把它当作怪物。20世纪70年代,我是凭着一口气量潜进浪涛下面捕鱼捉蟹的小"海碰子"。每次潜进水下时,我总有点不安,因为我担心鲨鱼袭击,特别是担心相公鲨。我圆瞪双眼,紧握鱼枪,总觉得狡猾和凶狠的相公鲨会突然出现在我的身后。所以我胆战心惊地一面游着一面猛地调头回看。老天保佑,在多年的"海碰子"生涯中,我只是在水下偶尔几次看到远处有条模糊的大鱼身影,但从来没看到鲨鱼,更没看到戴着相公帽子的双髻鲨了。当时我还觉得幸运,现在才认识到这是我们海洋的不幸。海上的船只越来越多了,货轮、游轮、客轮和渔轮破浪前进,浩浩荡荡,隆隆的机声从水下传导过来,震得我耳鼓轰轰作响。同时,岸上城区日渐人烟稠密,工厂放肆地膨胀扩张,无数条浑水、臭水和污水沟奔涌而出,这些肮脏的河流日夜不停地向大海里流淌,清澈的海水渐渐变得浑浊,从来都是海鲜味的大海发出腥臭气。不用说相公鲨,就连小鱼小虾的身影也消失了。

万幸的是,我们可以通过摄像镜头,从遥远的国家及遥远的海洋里,看到双髻鲨的身影。但我女儿第一次在电视中看到相公鲨的身影时,惊异得几乎就尖叫起来,真是世界之大,无奇不有,竟然还能有这种戴着古代相公帽子的鱼!我只得叹着气说,这其实没啥奇怪的,我们中国的海边原来就有。女儿撇着嘴不相信。我想批斥她几句,批她的海洋知识太浅薄了,批她太不了解自己的家乡了,但我却说不出话来,因为我想到,如果我们还是如此的不尊重大自然,恐怕再过几年,连我自己也不会相信曾经有过什么相公鲨了。

蛤 蜊 搬 家

大海退潮之后，显露出的沙滩犹如沙漠一样空阔，然而，就在这平坦无奇的沙漠里，却是一个充满旺盛生命的世界，融着海水的细沙里埋藏着亿万万个蛤蜊——白亮的，黝黑的，橙黄的，淡灰的，花纹奇特的，光滑似玉的，仿佛五光十色的珍珠。

在滩涂动物家属里，最老实的动物就是蛤蜊，因为残酷而仁慈的造物主没有为蛤蜊设计腿脚，但给了它两扇坚硬的保护壳，所以蛤蜊尽管无可奈何，但大多数时间可以高枕无忧地躲在里面睡大觉。大海最底层是泥沙，蛤蜊的地位却在泥沙之下，埋在终年不见天日的沙土里，老老实实地过日子。蛤蜊的饮食没有高级的菜肴，也没有任何娱乐活动，只是默默地啃食泥沙里的营养。尽管千千万万密密麻麻地挤在一起，但除了娶亲生崽儿而暴发短暂的爱情交

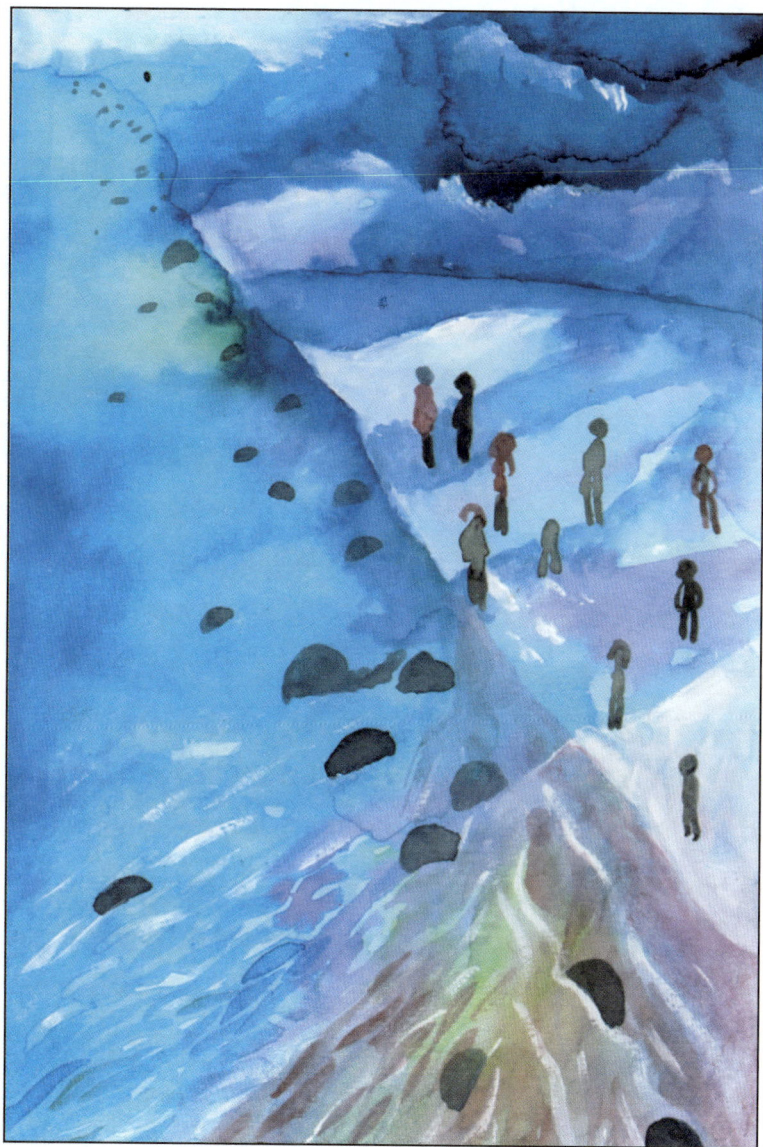

往，长年累月挤在一起，却绝对是"老死不相往来"。

　　然而，老实、沉默和不惹是生非，并不能保证生命安全。相反，几乎所有的动物都来欺负蛤蜊。"老实受欺负"似乎就是定律。首先是一种名叫"海钻儿"的海鸟，水索一样细长的脖子、麻秆一样细长的腿，长矛一样细长的尖嘴。关键是这细长的尖嘴，完全像一根细长的钻头，能往沙滩里钻，所以得其名。首先，海钻儿绅士一样迈着细长的腿，动作却似阴险的特务，像用探雷器探测地雷一样，细长的尖嘴频繁地敲打着沙滩，它是在寻找肉嫩壳薄个头小的蛤蜊。只要是发现了小蛤蜊的存在，它们立即就凶相毕露，将尖嘴狠狠地插进沙滩里，死死地叼住小蛤蜊，向上一拔，细长的脖子在空中迅速地扭着 S 形的弯儿，咕噜一声，将小蛤蜊连壳带肉地吞下腹中。然后，细长的尖嘴再度敲打沙滩，不一会儿，又叼出一个小蛤蜊。

　　大海退潮受日月的吸引，每天都往后延迟五十分钟，然而，海钻儿就像是个会计算潮流的渔夫，每天也是延迟一个小时飞到海边。涨潮时，没有人知道这家伙在哪儿，可只要退潮的时间一到，完全像从沙滩里钻出来似的，你准会看到海钻儿的身影。但蛤蜊对海钻儿的敲打并不在意，成千万成亿万的蛤蜊挤在一起，对海钻儿的零敲碎打，几乎未感觉到一丝一毫的危险，它们照样睡着懒觉，一日三餐地啃食。

　　问题是蛤蜊的天敌多着哪，土匪式的，强盗式的，阴险毒辣式的，一个比一个凶狠，相比之下，"海钻儿"算是最弱的"小毛偷"而已。当然,厉害的敌手很快就来了,湛蓝的天空上出现一片白色的闪电,随着一阵野猫一样的"嗷嗷"叫声,一群身姿矫健的海猫子扑向蛤蜊滩。海猫子学名叫海鸥,除了叫声难听以外,其实是挺漂亮的鸟儿。海鸥在蓝天上翱翔,在浪花上掠过,在人类的眼睛里,绝对是一幅美丽的景色。然而这美丽的家伙却是蛤蜊的杀手。

海猫子比海钻儿体健身灵,动作干练,数量比海钻儿多得多,一群群在沙滩上盘旋迂回,突然就出其不意,"刷"地俯冲下来,在沙滩上狠啄一通,似乎是一眨眼的瞬间,"刷"地又飞起来。但这时每只海猫子的嘴里都衔着一个蛤蜊。它们与海钻儿相反,专挑壳厚肉肥的大个头蛤蜊,因为它们聪明绝顶,知道用什么方法才能吃到这肥美的蛤蜊肉。叼着死死关闭硬壳的蛤蜊,海鸥朝海边高空飞去,一直飞到全是岩石硬地的上空,便张开嘴,蛤蜊直线跌落,"啪"的一声摔打在岩石上,多么坚硬的壳也立即粉碎,白嫩的肉体溢出。海猫子紧跟着箭一样飞下来,凶狠地啄食那些还在蠕动的蛤蜊肉。

远远看去,一群群海猫子像侵略者的轰炸机一样,往沙滩上俯冲。这令沙滩里的蛤蜊不寒而栗,但又毫无办法,只有无声的死挨着,心里祈祷上苍保佑,让可恨的海猫子最好能飞到邻居们头上……四周那么多的伙伴,总能喂饱这些坏蛋的。当然,数量就是胜利,无论海猫子怎么俯冲,蛤蜊的生命依然旺盛。

犹如一场战争,梯次进攻的号角一次又一次吹响,更厉害的天敌接踵而至:一朵淡灰色的云团在天际边翩翩而起,在群山和丛林上面升腾，由远而近，朝海边移动，渐渐占据了大半个天空。这是成千上万只野鸭子，在山那边的沼泽地和芦苇荡里安营扎寨，到了蛤蜊成熟的季节，就集合成浩浩荡荡的大军，寻觅鲜味而来。相比之下，海钻儿是侦察兵，海猫子是先头部队，而野鸭子是庞大的集团军，这支队伍远比海钻儿和海猫子有组织有纪律，也更有战斗力。首先它们的个头和体型就在鸟类的队伍中出类拔萃，宽大的嘴巴，宽大的脚掌，肥大的肚子里面是肥大的胃口，一旦这仓库一样的胃口里装满食物，绝对就是一架大肚子式的直升机。此时，空空如也的胃肠使这些平日看起来笨重的野鸭身轻如燕。一排健壮的雄鸭在头前开路，它们各个紧缩双掌，挺直脖梗，以减少空气的阻力。接近蛤蜊滩时，不断涌来的海鲜味令它们兴奋若狂并振翅加速，强有力的翅膀在空气中拼力扇动，卷起一股强大的气流，以铺天盖地之势，压向蛤蜊滩。一旦落到沙滩，野鸭子们立即大显身手，将坚硬的扁嘴，"嚓"的一声插进松软的沙滩里，与此同时，宽大的脚掌在身后狠命地、交替地蹬着地面，整个鸭身就像一架推土机似的推进。平坦的沙滩上哗哧哗哧地被坚硬的鸭嘴剜开了，在鸭屁股后面留下一道长长的黑沟。圆圆的蛤蜊在贪馋而凶狠的鸭嘴中间，惊慌失措地滚动，沿着被撑得变了形的鸭脖子，一个接一个地被活生生地吞下去，在灼热的胃酸里又被迅速融解。

　　此时，蛤蜊们连祈祷的能力也没了，只有紧闭双壳等死。当推土机般的鸭嘴从旁边哗啦啦地铲过去，它们这才情不自禁地念了一句"阿弥陀佛"。应该承认，在毫无抵抗力的情况下，庞大的数量就是一种安全。蛤蜊们更加紧紧地依偎在一起，并非团结友爱，而是指望着一种幸运式的保护。然而，蛤蜊的数量实在是太多太多了。庞大的鸭群全被撑得肚皮滚圆，一个个像超载的直升机，拼命地扇动翅膀，却在原地打转，飞不起来。最后不得不借助海水的力量，用宽阔的鸭掌疯狂地拍打水面，产生一种推力，这才勉强升空。

一旦鸭群升空飞去。沙滩上立即发出一片欢呼，数量占绝对优势的蛤蜊们还是队伍整齐。大家赶紧张开关闭了半天的双壳，放松地大口呼吸，沙滩上冒出一片繁花似锦的水泡泡。

然而，蛤蜊的肉实在是太肥美了，而且又是这样的老实温顺，没有丁点儿的反抗，所以自然就会招来无数天敌。不仅空中有天敌，水下也有天敌。这些天敌分期分批地向蛤蜊发动进攻。天上的敌人刚刚飞走，水下的敌人却又悄无声息地爬上来。它们披着比蛤蜊还坚硬数倍的盔甲，是各种各样的海螺。这些海螺像偷渡的间谍那样，乘着涨潮的浪涛推动，贴着海底无声地前行，并不断地伸出蛇一样的叉状舌头，犹如人类发明的探测器，能准确判断蛤蜊的方位。蛤蜊也有类似的探测功能，但不是为了进攻，而只是预测敌人的侵袭。数里之外，它们就能感觉到杀气逼人。前面说过，造物主没有为蛤蜊设计腿脚，所以蛤蜊们没有逃跑的能力，唯一反抗就是死死地关闭两扇壳，来个全面封闭。这种封闭使蛤蜊变得像鹅卵石一样坚硬，连张牙舞爪的武士蟹都无可奈何。再就是更加紧密地挤在一起，天上掉下一把刀，谁知道能插到谁的脑袋上，为此越挤越紧密，越紧密越感觉邻居们能替它挡刃。但这种紧密地挤在一起，却更合天敌们的心意，这简直就是组团前来送死。

海螺没有鸟儿们的尖嘴利齿，不能飞到空中将蛤蜊摔碎，更没有消化蛤蜊硬壳的胃肠，但它们却有连人类也惊异万分的本领，使蛤蜊们束手就擒。有的海螺能分泌出一种强烈的硝酸，溶化蛤蜊外壳；有的能全方位地拥抱蛤蜊，拥抱得蛤蜊喘不过气来，最终憋得蛤蜊只好张开壳门投降；有的更厉害，能将柔软的嘴变成钻头，以超强的耐力旋转摩擦，竟然在坚硬的蛤蜊壳上钻磨出一个小洞，然后将细长的嘴伸进去，滋滋地吸食嫩肉，就像城里人用吸管插进冷饮杯里，滋滋地吸得干干净净。这是一场无声的战争，是没有硝烟的厮杀。在涨潮波浪的掩盖下，各种形体的海螺们在暗中大开杀戒，为所欲为地挑选着最肥嫩的，最鲜美的蛤蜊下手。完全是恶狼钻进羊群里，可以随意地大吃大嚼。死去的蛤蜊空壳被海浪淘到沙滩上，游人前来拾贝，发现每扇空壳上都有一个小圆孔儿，他们惊叫起来，看呀，多圆呀，绝对是机器加工出来的！

应该说，蛤蜊的繁殖力相当顽强，这些沉默无语的家伙，各个都是恋爱冠军，在极度的恐惧中极致地欢乐，拼了命地娶亲生崽儿，爱情的硕果遍布海滩。你杀我一千，我就生出两千；蛤蜊们甚至认定它们是打不倒，杀不光，消灭不了的英雄。总之，前赴后继的生命，填补着伤亡的空白，在如此之多的空中和水下敌人的进攻下，蛤蜊们始终保持着家族的兴旺发达，只要你到海滩上观察一下，就知道数量最多的海味就是蛤蜊，多得确实就像鹅卵石。

　　蛤蜊们却没有想到，还有一种比天敌还天敌的杀手，那就是人类。人类比海钻儿，比海猫子，比野鸭子，比水下的海螺凶狠和智慧一万倍。人类捕捉蛤蜊的工具灵巧而科学，顶得上所有天敌捕捉功能总和的数千万倍。

　　在辽东半岛的黄海边上，有一个巨大的蛤蜊滩，至少有千百个足球场那么大的沙滩下埋藏着亿万万个蛤蜊，被世界海洋学家称为"亚洲蛤蜊仓库"。无论从理论上和实际上，这么巨大的洲际蛤蜊仓库，绝对是取之不尽，用之不竭的宝地。因此，千百年来，这里的蛤蜊为人类、鸟类和动物们提供着丰富的营养。但是到了20世纪80年代，突然，在人类的世界中涌起了经济大潮，金光闪闪的钱财令人类的体温升高，热血沸腾。仅仅吃饱喝足能行吗？更重要的是发财，于是，人们拥上蛤蜊滩。

　　蛤蜊滩热闹了，大货车，面包车，小轿车，拖拉机，全都轰隆隆地开到海滩边上。方圆百里，城市的，县镇的，农村的，千家万户倾巢出动，男女老少齐上阵，连八九十岁的老爷爷和老奶奶们也紧握挖蛤蜊的钩子，蹒跚而来。时间就是金钱，所有人都在焦急地等待大海退潮。终于，大海退潮了，广阔的沙滩袒露出营养丰富的胸膛。迫不及待的人群此时也像潮水涌动，一刹那，黑压压的赶海大军开进蛤蜊滩。这绝对是一百万只海钻儿，一百万只海猫子，一百万只野鸭子和一百万个海螺一齐下嘴，锋利的铁钩、铁锹、铁铲、铁镐，挥汗如雨地刨着挖着。人类实实在在是聪明啊，他们知道蛤蜊要呼吸，所以无论藏匿得多深，沙滩上也会出现呼吸的气孔，现在，千千万万个铁铲子、铁钩子、铁耙子，对准蛤蜊的呼吸孔，对准所有的丫葫眼儿铲下去，刨下去，挖下去。平展的蛤蜊滩上全是被翻出来的黑沙土，犹如一个巨大的动物被千百万把刀剐开，五脏六腑全都翻在外面，令人惨不忍睹。但聪明的人类并不满足，他们竟然以最快的速度发明了挖蛤蜊机械铲，一辆像拖拉机像坦克车的东西开进蛤蜊滩，一排大钢齿雄壮有力地插进沙滩里，随着一阵震耳欲聋的马达吼叫，平坦的沙滩立即被开膛破肚，成百上千个蛤蜊在钢齿上翻滚。

人们呐喊喝彩，欢呼胜利。

幸运的是大自然有自己的规律，大海开始涨潮了，翻腾着白色浪花的滚滚波涛，犹如厚厚的棉被，渐渐将千疮百孔的蛤蜊滩遮盖得严严实实。夜幕降临，赶海大军的喧闹消失，似乎一切都过去了，这个世界不会再有什么磨难。但岸边燃起一堆堆的篝火，却在切切实实地表明，人类正在休整和歇息，以利再战。

天渐渐亮了，天不得不亮；太阳升起来了，太阳不得不升起来。大海也不得不按照自然规律，开始退潮；浪涛只好无可奈何地呜咽着，恋恋不舍地扯拽着，舔舐着，实际上却在一步步远离，再一次将柔软的胸膛袒露无遗。赶海大军却像涨潮的波涛，所向无敌地开进来。成千吨成万吨的蛤蜊被挖出来，装进筐子里、笼子里、箱子里，在现代化的运输工具里，送到人类的酒店餐馆、食品加工厂和千万家的厨房。

突然的一个早晨，太阳还是像昨天一样升起，大海还像昨天一样退潮。但赶海大军那黑压压的浊浪却渐渐停止了运动，马达也断电似的哑了。随着一阵不安的骚动，人们互相惊慌地望着，这是怎么回事儿？偌大的蛤蜊滩上竟然见不到一个蛤蜊，连最小最小的蛤蜊崽子也消失得无影无踪。从人类智慧地计算，这才仅仅挖走百分之三十的蛤蜊，也就是说，还有一大半蛤蜊藏匿在沙滩下面，可是所有钩子铲子和机械化挖掘机，把蛤蜊滩挖了个底朝天，收获还是个零，这绝对是出鬼了。

终于有人发现，在一片死色的沙滩上，成千上万个蛤蜊喘气的孔儿，全部封闭了！其实人类只是看到一个悲凉的表象，他们看不到，此时一个悲壮的场面在万顷碧波下面展开——

千千万万，大大小小的蛤蜊，正扶老携幼，挤挤挨挨，把两扇壳支在沙滩上，用软嫩的肉体触摸沙土，艰难地向前蠕动。整个大海底下，一片白茫茫的蛤蜊大军，朝着一个方向，迈着一个节奏，仿佛有神灵的指挥，蛤蜊滩上所有的生命，向深深的大海隐去。这就是令科学家和老百姓至今都惊诧和惊恐的现象:蛤蜊搬家。当然，科学家们并不胡乱地恐惧，他们开始严肃地研究，千千万万个没有听觉，没有视觉，没有腿脚的蛤蜊。怎么会在统一时间，统一动作下，朝统一的目标逃命呢？但靠海吃饭的渔人们却惊恐万分，认定这是上天神灵的惩罚，于是他们跪在沙滩上磕头烧香，向苍天祈祷，并像呼唤自己走失了的孩子似的，整天整夜地朝大海呼唤——蛤蜊回家来了！蛤蜊回家来了！

在当今的现代化世界，在人类已经踏上月球并朝着火星前进的高科技时代，这个令人惊恐的神话传说，竟然一次又一次斩钉截铁地显现……

创造"性"福的斑海豹

　　渤海湾冬季更显冷清,但海上要是结了冰,却会出现一些你意想不到的奇迹——在那洁白寂静的冰原上开始闪现活动的影子。你站在较远的岸边遥望,觉得是些三三两两的狗群,怎么海里会出现那么多的狗呢?老渔人笑起来:"那是海狗。海狗是宝贝呀!"海狗为什么会是宝贝?只要你走进辽东半岛的渔村里,到处都可以听到"海狗鞭"的传说。最古老的传说可以追溯到远古时代。有说是汉朝的皇帝,有说是唐朝的皇帝,总之是皇帝得了个阳痿症。所谓阳痿就是上不了床,不能与皇后及妃子们睡觉了。这可是男人关键的病,没有这个能耐,就和太监一样,还活个什么意思!更关键的是生不出下一代皇帝,没有了接班人,那可是有关国家兴旺和衰落的大事。

但皇帝周围的医生们都是全国的高手，他们呕心沥血地研究，并翻阅更古远朝代的医书，终于发现虎鞭能强壮男人的上床能力，但皇帝已经大吃特吃不少虎鞭，却毫不见效。于是最老也最有权威的太医说他有祖传秘方，山的力量不如海的力量大，世界上最大的力量来自海洋，而海里的动物正是吸海洋之精华，当然会更有大补之功力。于是派水性好的渔人到渤海捕捉海老虎，也就是海豹。终于用海豹的生殖器与诸多补药一起熬制，炼出神妙的"大补汤"。皇帝服用后立即精力强壮，龙颜大悦，从此，"大补汤"名扬天下。但老百姓却称海豹为海狗，所以海狗鞭也成为流行民间的宝贝。

现在，人们了解到，渤海和黄海冰原上的海狗，其实就是斑海豹。斑海豹体型粗圆呈纺锤流线型，体肥壮而浑圆，从头至尾长约1米到两米，体重从50到100公斤不等，全身生有细密的短毛，背部灰黑或灰蓝色并布有不规则的棕灰色或棕黑色的斑点，要是皮毛为赤黄色，绝对与陆地上的豹子相似。而且斑海豹的四肢前端竟与人的手指一样均为五趾，但并不像人那样五指棍状独立，而是趾间有蹼，展开为扇面，形成鳍状，犹如潜水员的脚蹼。但五趾前尖却都是匕首般锋利，如猎豹利爪。斑海豹在水中游动，前肢后鳍肢可以全力伸直，形成流线型，完全像一发细长的炮弹，飞速向前，一般时速为30公里，但追赶鱼群或躲避敌害时，这个速度会翻倍。人类就是长出八条腿来也追不上它的。关键是斑海豹潜水的本领更为高强，一般可以潜至100—300米左右的深水处，每天上下潜水捕食，有时多达 30 到 40 次。而且每次能在水下憋气半个小时,这说明斑海豹吸足一口气的含量,等于潜水员一个气瓶的气量。绝妙的是,斑海豹的鼻孔和耳孔中的肌肉活动瓣膜可以自由关闭,从来不会像人类那样"呛水而死"。

斑海豹的眼睛也比人类厉害多了,晶状体大而圆,水的折射率与其角膜折射率几乎相等,因此在水中,光波通过它的角膜时不会发生弯曲折射,就如同在陆地上看东西一样。在漆黑的夜里,斑海豹甚至可以借助月亮的微弱光束,探测到四百多米深处的鱼在游动,从而下去捕捉。斑海豹的耳朵更高级,在深深的水下,听力敏感,能准确地定位声源。问题是斑海豹在陆地上可就"玩完了",简直就是个残疾人或老态的小丑,只能依靠前肢和上体的蠕动,像一条大蠕虫一样匍匐爬行,步履维艰,跌跌撞撞,十分笨拙可笑,活动的范围也不大。人类也就是趁这个时候来捕捉它。

斑海豹开始并不怕人类,反而见到人还挺友好的。当年有个英国摄影家史蒂夫去海岛"探访"斑海豹,由于怕吓跑了海豹,他尽量悄无声息地潜到海里,并小心翼翼地举起照相机。没想到海豹们竟好奇地朝他游过来,并用鼻子俏皮地蹭了蹭照相机镜头。史蒂夫说:"海豹确实是最迷人的动物。它们表现得就像爱玩爱闹的狗狗一样,游到照相机的前方,摆出各种姿势要我拍照。有的还兴奋地在我面前翻跟头……"

史蒂夫拍摄了不少与海豹在一起友好嬉戏的照片,让全世界的人们都知道海豹的可亲可爱。

然而人类不但觉得斑海豹可亲可爱，更觉得可用。斑海豹的脂肪太丰富了，肉太好吃了，而且生殖器还能滋补和强壮人类的肾功能，这样的宝贝怎么能轻易放过呢。加拿大的渔人像屠夫一样，用枪，用刀，用铁棍将它们打得脑浆迸裂；中国渔人发了疯一样地追捕它们，而且专门对它们的生殖器下手，这使斑海豹们大惑不解。大海里的动物多着哪，什么海狮、海象、海豚，个头大多了，为什么不去切割它们的睾丸呢？可怜的斑海豹，它们永远也不知道，人类已经铁了心地认定，它们那个玩意儿会给人类带来"性"福。

经济开放后，人们挣钱多了，生活的花样多了，身体的毛病也多了，皇帝秘方又从古坟里冒出青烟来。所谓现代医药界也公开宣称：经科学家对雄海狗的生殖系统——海狗鞭进行检测后发现，海狗鞭中的"性力活性因子"含量极高，是鹿鞭、虎鞭的数十倍。现代医学研究证明："性力活性因子"构成肾动力，而肾动力是生命的原动力，人的性能力及体力和精力，正是源于其体内强大的肾动力……

于是人们不但相信，简直就是迷信了。大款花巨资买海狗鞭补肾，买海狗鞭泡酒，甚至买海狗鞭当传家宝收藏，留给后代子孙享用。于是宝贝的海狗们倒了大霉，只要在冰原上露头，人们就发了疯地去打去捉去杀。近些年来，经济大开发，只要是能挣钱，管他什么破坏自然还是残杀动物。为此有些人顶着刺骨的北风，跑到海里的冰块上，从早到晚地死守，不捉到海狗宁肯冻死。也真就有因为捉海狗而冻死冻伤或掉进冰窟窿淹死的；但也真就有发财的，甚至还买了汽车，盖了新房。

但也不都是糊涂虫，海里动物确实多着哪，都在吸取大海的精华，为什么偏偏海狗胯裆里那个东西会成宝？有个研究海洋动物的学者对我说，也许古时我们的祖先生存手段还很原始，对付不了海上的大动物，所以只能捕捉在近海活动的海豹，因此也就派生出这种"海狗鞭文化"了。问题是我们中国人"厚古薄今"的意识太强烈也太顽固了，甚至生成一种神秘文化，这就使很多人对老祖宗的一切都顶礼膜拜。如果你宣传说最新发明创造一种什么汤药膏丸，谁也不会相信。但你要是说在古坟里挖出几千年前的宫廷秘方，人们就绝对相信这个秘方能治癌症，能治顽症，能让你起死回生，能使你返老还童。所以，海洋科学家无论怎样解释和分析，无论怎样呼吁和呐喊，也阻止不了人们对海狗鞭发了疯般的痴迷。

斑海豹尽管没有人类那样的智慧，然而成千上万次的屠杀，使它们终于明白，陆地上直立行走的动物比海里的鲨鱼还要凶狠百倍。渤海和黄海的斑海豹数量当然少了许多，但依然活泼可爱，只是更加机灵甚至更加狡猾了。过去人类走到它跟前，甚至只有几米远的距离，它才懒洋洋地蹒跚着跳进海里，而现在你就是在二里地远，它们也早就连滚带爬地往海里逃。有个老渔人说，斑海豹比往年精明多了，即使是在冰块上睡觉，也会在梦中保持着警惕，常常会突然就跃起身子，举目四望，只要有一点动静，就打着滚儿从冰面上往海里滑。其实只凭眼睛观察海豹的老渔人哪里知道,斑海豹为了对抗天敌,早已经练就了水下睡觉的硬功夫。它能长长地吸一口气,潜到海底睡上半个小时。氧气耗尽时,才上来换口气,再下去睡。总之,无论怎样,每年冬季,斑海豹还是顺着洋流,或乘着浮动的冰排,从北部海湾辗转来到渤海湾和黄海边,即使遭到再凶狠的捕杀,它们也百折不挠。原因是这里的条件太适合它们谈情说爱。辽东半岛的冬季最欢乐的春节到来,也就是斑海豹最欢乐的爱情季节到来。这时,所有的海豹都精神抖擞,精力旺盛。并且在海浪中游个不停。男女海豹们全都不吃不喝不休息,为了寻找到爱情的伴侣,它们全神贯注,全力以赴地时而潜水,时而登岸,相互追逐,并快乐地喊叫。它们知道此时有些人类正在窥视它们,正在逼近它们,但爱情高于一切,它们顾不得许多了。

终于,它们听到枪声四起,看见刀光剑影,然而,宽阔的大海伸出了救助的巨掌,及时掩藏了所有斑海豹的身影。扑了空的人类暴躁着,吼叫着,但他们做梦也想不到,此时,斑海豹的爱情正在水下继续燃烧。有研究者发现,海豹交配需要沉入深水中进行。但我想,从进化的角度看,作为动物品种的海豹在无法呼吸的水下睡觉和做爱,应该说是长久危险环境的逼使。令我们惊奇和惊喜的是,斑海豹们的爱情结晶——小斑海豹竟然是一身雪白的绒毛,与冬季的冰雪融为一色,很难被天敌发现。因这时孩子不能下水游泳,如果海豹生出与父母一样深色皮毛的孩子,在陆地雪白的冰雪上,将会必死无疑。可是我们不禁要问,为什么一身灰黑灰蓝色的斑海豹能生出白色绒毛的孩子，难道它知道只有白色的绒毛才能保护孩子，也就高超地生出保护色吗？海豹怎么会创造出这种"雪白的神奇"呢？我想，这也许是大自然的威力和慈悲。

浪涛中的虎狼

陆地的山野和草原上有成群的虎狼，为了生存它们四处奔波捕杀，凶狠出名。然而，海洋里也有虎狼般的鱼类，为了觅食，它们纵横游弋，凶猛无比，那就是虎鲸。当然，虎鲸曾经也是陆地上的虎狼，所以它们至今还是必须浮出水面靠肺呼吸。但虎鲸要是继续留在陆地上，连陆地上的虎狼也会被它捕杀吃掉。

虎鲸这个家伙确实厉害，身长犹如一辆中型面包车，体重却比面包车还要重两到三倍，而且体魄极为健壮，是海豚科中体型最大的物种。为了能更敏捷的捕杀，虎鲸竟然会长出圆锥状脑袋，人类的高速机车头型，就是仿照这家伙的流线型脑袋。为此虎鲸行动敏捷，游泳迅速，在水中风驰电掣，起伏飞奔。一天就能游出上千公里。完全可以与军舰竞赛争冠亚军了。由于雄鲸的背鳍如棘刺般直

立，高度接近两米，一般都是露出水面，颇与一种古代武器——"戟"倒竖于海面的形状相似，因此而另有"逆戟鲸"的名称。虎鲸流线型的脑袋上有一张可怕的大嘴，上、下颌武装着四十多枚匕首般的钢牙利齿，而且能上下交错咬合，就像坚硬的钢铁齿轮凹凸搭配，多么坚实的皮肉也会被迅速撕裂和切割。因此虎鲸的大嘴一张，一排钢牙利齿寒光闪烁，便显示出一副凶神恶煞的样子。更要命的是这些尖刀般的牙齿朝后弯曲，一旦咬住猎物，就有钢钩的作用，使被擒之物难逃虎口。虎鲸不仅有如此武装，还有相当聪慧的头脑，群体作战，怎样隐蔽，怎样迂回，怎样包抄，怎样进攻，它们掌握一整套行之有效的战略战术。所以它们能捕捉游速极快的企鹅，能咬碎海狮和海豹的骨头，能将凶残的大白鲨打败，甚至敢于向海洋里超级动物蓝鲸发动勇猛的进攻。在广阔的海洋里，虎鲸真可谓"打遍天下无敌手"。怪不得人们称它为海上虎狼，在英语里的名称是"杀鲸凶手"。

别看虎鲸凶狠且残暴，但上帝却给它一个漂亮而可爱的形象：黑白搭配的外观犹如陆地上的熊猫宝贝；眼睛后方有两个卵形的大白斑，远远看去，宛如两只大眼睛；其体侧还有一块向背后方向突出的白色区域，令人悦眼而独具一格。也许正是有这种漂亮外衣的掩护，海洋里的动物们就对它掉以轻心，这令虎鲸们乐不可支，活得轻松。每当吃饱喝足后，它们就将肺部充满了足够的空气，安然地漂浮在海面上休息，漂浮还能使它们露出巨大的"戟"式背鳍。让所有的动物们远远就能看到这个威武的标志，不敢前来打扰。虎鲸还有丰富的语言能力。如果说其他鲸鱼是"歌唱家",那么虎鲸就是鲸类中的"语言大师"了,它能发出62种不同的声音,而且这些声音有着不同的含义。例如在捕食鱼类时,在游戏玩耍时,在倾诉爱情时,都会有不同的音响和"词汇"。惊人的是虎鲸还能发出带有激光功能的恐吓之声,鱼类听见这种恐吓声音后,立即变傻并行动失常。更厉害的是,虎鲸竟然能发射超声波,并通过回声对鱼群的数量和方位进行准确地判断和定位。这种能力对虎鲸在十分黑暗的水下捕食,简直就是一种现代化的武器。

然而,虎鲸并不认为自己武艺高强而高傲自大,也决不单打独斗显示个人英雄。相反,它们相当重视团队的力量,相互之间非常友好和抱团。人们最多可以看到40到50只的大群虎鲸,在一起浩浩荡荡地前进。一场捕食的战斗结束后,虎鲸们便亲密地挤在一起,用自己的胸鳍亲切地摩挲对方的胸鳍,表示一种情感交流。如果群体中有成员受伤,其他成员就会前来帮助。如果伙伴伤势过重,其他的虎鲸就纷纷拥过来,用身体或头部将其托起,使受伤的虎鲸能够安全地漂浮在海面上呼吸,不能溺水。就是累了或必须睡觉时,虎鲸们还能保持这种清醒的救助姿势。总之,虎鲸以种群为社会组织,造成温暖和谐的大家庭氛围,互相依靠着成长壮大。可贵的是,当家庭成员过多群体过大时,虎鲸们还会科学而和平的"分家",产生另一个新的族群。

有意思的是,虎鲸是母系社会。男虎鲸们只享受爱情,女虎鲸却负责下一代成长，为此小虎鲸们只知道有母亲，不知父亲在哪儿。但女虎鲸却任劳任怨，强烈的母亲责任感使她们一辈子爱着儿女，并永不分离。这也就使虎鲸的母亲们成为群体的长官和领导。因此，有领导地位的女虎鲸在爱情上就自然生成"主动权威"，可以对男虎鲸们挑三拣四，自由自在地"娶丈夫"。所以女虎鲸一直活到80岁，还能有权利享受"洞房花烛夜"。而男虎鲸们尽管享受爱情，看起来也只能是被动地享受。奇怪的是，几乎所有的陆地动物或海洋动物，在光天化日之下做爱毫不在乎。但虎鲸却觉得在大庭广众之下干这种事有失体面，为此男女虎鲸做爱之时，竟然像人类一样保密，总是躲到谁也看不到的地方去。尽管人类有许多现代化的摄像机，望远镜和什么长焦距镜头、电子探测仪等等，却始终没有观察到虎鲸上床做爱的场景。

尽管虎鲸是母系社会，但大家却地位平等，没有什么高低贵贱之分。男虎鲸在鲸群里失去做父亲的责任，也就没什么拖累，可以轻装上阵。在战斗中，就可以显现出男虎鲸们的大丈夫威风。年轻的男虎鲸主动担任侦察员的角色，总是在队伍的前面打头阵，一旦发现"食物"，就立即发信号，引导鲸群集体进攻。猎杀之时，谁冲锋在前，谁保护在后，谁侧面包抄，谁正面进攻，全体上阵，分工明确，无论辈分高低，没一个不劳而获坐享其成的。一些近距离目睹虎鲸捕食过程的渔人，往往感到惊心动魄。特别是虎鲸咬食时的凶狠程度，令观者胆战心寒。因为虎鲸的牙齿虽然非常坚硬，但却不如鲨鱼的牙齿那么锋利，所以当进食时，虎鲸就张开血盆大口，将咬住的海豚、海狮和海象等，整个吞下去。面对强大的对手，虎鲸决不退缩，会坚决与之展开一场殊死搏斗。有人曾目击7头虎鲸袭击一头巨型须鲸的壮观场面：三头身强力壮的雄虎鲸首先对须鲸展开了猛烈的攻击，第一头虎鲸冲上前吸引须鲸的注意力，另两头一上一下地迅速咬住须鲸的头和尾巴。其余四头虎鲸紧接一拥而上，对须鲸进行全方位进攻。前后不到一个小时，便将这个体积比虎鲸大数倍的须鲸杀死，并很快就将数吨重的须鲸肉体扫荡殆尽。有海洋学家记载：早在1862年，一个名叫埃斯里特的人对虎鲸非常感兴趣，他从一头虎鲸的胃中发现了13头海豚和14只海豹。这使他惊愕不止，连连高喊虎鲸是"刽子手"。虎鲸确实不愧为"刽子手"，它甚至连陆地的动物也不放过，当一些马鹿和麋鹿游泳横渡海湾水汊时，虎鲸就埋伏在一旁，伺机扑上去，来个"海、陆军"大战。马鹿和麋鹿也不是好惹的，多权尖锐的鹿角和坚硬的四蹄，拼命地抗击虎鲸，但借水势而进攻的虎鲸绝对比陆地上虎狼要强大一百倍，数百公斤重的大个头马鹿就被虎鲸整个吞食。

虎鲸如此凶残，终于使海洋中的动物们提高了警惕，只要发现虎鲸的影子，群体中就会发出警报，使动物们在最快的时间逃走，小型动物和鱼类更是闻风丧胆，逃得更快更远了。虎鲸渐渐地感到捕食艰难，有时全力以赴，穷追猛打，也填不饱肚子。然而，虎鲸竟然会总结经验，研究对策，并真正"研究"出一些巧妙的捕食方法。凶猛的虎鲸开始采用"智取"的诡计，它们将腹部朝上，长达数小时一动不动地漂浮在海面上，很像一具僵尸。乌贼、海鸟等小动物们看到一动不动的虎鲸，并不掉以轻心。但虎鲸却极有耐心和毅力，继续静静地漂浮在那里。终于，乌贼、海鸟等小动物认定虎鲸绝对是死了，也就不在意地游近了。可当它们接近到一定的距离时，"死了"的虎鲸突然翻过身来，一口就将它们吞掉。有些海狮和海象自以为自己有些力量，看到死了一样漂浮在那里的虎鲸，便大着胆子从尾部靠近，但没想到虎鲸会突然摆动尾巴，"啪"地一下就将它们击昏。

虎鲸这个可怕的刽子手在海洋里横冲直撞，却没有伤人的记录。但人类却并不为此放过虎鲸，他们看到虎鲸的头脑聪明，便想方设法地驯化，而且驯化相当成功。虎鲸变得更加聪明伶俐乖乖听话，还能学会许多技艺，表演各种节目。有些节目令人激动，例如随着铃声的节奏，虎鲸巨大的头部也有节奏地缓缓露出水面，向观众徐徐游去，以示"欢迎"；或者任凭饲养员骑在它背上到处跑，甚至还让饲养员把头伸入它的巨嘴里，它也一动不动。这往往令观众惊恐而惊喜，很有观赏价值。虎鲸还被驯化得能跃出水面数米之高，来个"破水而出，空中吞鱼"。总之，在人类的训练下，虎鲸越来越变得百依百顺，服服帖帖。它们在人类口令的吆喝下，一会儿腹部朝上，两只胸鳍露出水面，让驯养员坐在它的胸部，犹如坐在船上游逛；一会儿又翻过身来，让驯养员骑在背上，就像骑着战马奔驰……

在海洋里勇猛厮杀，不可一世的虎鲸，怎么会变得这样温顺可爱呢？其实是比它更聪明的人类掌握了它的一个弱点：虎鲸是团结起来才有力量和胆量的动物，一旦离开了同类而单独生活时，个体虎鲸胆量就变得很小了。当然，在精彩的表演之后，鲑鱼、金枪鱼等美味佳肴作为奖赏，也是引诱和制服虎鲸行之有效的手段。然而，人类也许太自以为是了，尽管野生的虎鲸从未有伤人的记录，但在水族馆里长期受压抑的虎鲸，却屡屡发生伤人致死的事件。20世纪90年代，美国和加拿大等国，就有好几个虎鲸驯养员被虎鲸咬死。

　　一个爱斯基摩老人讲过一个真实故事：在阿拉斯加最北端的巴罗小镇，有两个年轻的爱斯基摩人曾向一对虎鲸开枪，没有打中。没想到这对虎鲸却牢牢地记住杀害它们的人和枪声，在此后的几年中，只要这两个年轻人出海，那对虎鲸就会赶来向他们进攻，有好几次差点就要了他俩的命，吓得两个年轻人从此改行，去林业局当伐木工人了，再也不敢下海捕鱼了。一些西方的戏剧作品中，经常将虎鲸描述为"复仇之神"。这大概不是艺术家的空想，而是大自然的昭示，让他们产生"尊重恐惧"的灵感。聪明伶俐，被人驯化得温顺可爱的虎鲸，怎么会出现绝望情绪而将驯养员杀死呢？难道动物们真就会有"报复心理"吗？总之，在海洋里自由自在的虎鲸从不伤害人类，但在人类驯化虎鲸的得意扬扬的表演场上，却能发生死亡的事故，这不能不让我们深思。

鲅鱼食抢滩

    大自然经常制造奇妙和绝妙,让人类惊讶和惊喜。辽东半岛面对太平洋的沿岸,每年的盛夏季节,一场强劲的东南风之后,都会有成千上万的小鱼自杀般地冲向沙滩。这是一种像手指头大小的鱼,鱼背深蓝色,鱼肚银白,酷喜群集,组团漂游,在海洋里处于食物链的最下层。由于黄海水域里所有大鱼特别是鲅鱼都吃这种小鱼,所以人们称这种小鱼为鲅鱼食。当成千上万的鲅鱼食被鲅鱼追急了,就只好像发了疯般地逃跑,最终只能是扑向海岸。这绝对像成千上万的钞票涌上来,使岸边的人类发了疯。

    场景是这样展开的——强劲的东南风搅得海底开了锅,成百万成千万手指头大的小鱼,浩浩荡荡地挤在一起,密密麻麻地抱成一团;犹如黑压压的乌云,又似狂风卷起的沙尘,在广阔的水域中间涌动。飞速滑行之时，却陡然地改变方向，翻出白亮的肚皮，于是黑压压又变成亮闪闪，造成一种变幻的壮观之美。然而，这是千千万万个愚蠢的生命，它们没有目标，也没有目的，所有的行动路线都是逃命的逼使。为此它们一会儿蘑菇云般地升腾，一会儿又自由落体般地下沉；东躲西奔，左冲右突，花样不断翻新。这一切皆因它们的后面跟随着一群群凶猛的鲅鱼，这些鲅鱼形状似钢蓝色的炮弹，而且又像刚刚从炮筒里才发射出来，在水花中呼啸飞窜，直捣鱼群。它们张开尖牙利齿的大嘴，冲进密密麻麻的鲅鱼食中，简直就是冲进稠稠的肉汤里，只是狼吞虎咽就行。

鲅鱼食没有一丁点儿反抗的能力，可它们却有着奇迹般的生存能力，能在惊慌失措地逃亡中娶妻生子，精疲力竭地跋涉中谈情说爱，即使是还差一秒钟就丧身鲅鱼腹中的关键时刻，男鱼也能兴奋地及时射精，女鱼也能激动地飞快排卵。所以，每当它们的队伍被吃掉一百万，却会有二百万补充，这真正是在压迫中茁壮成长。但灾难正是这种茁壮成长的能力，如此越吃越多，越杀越兴旺的鲅鱼食，数量会像炸弹爆炸般地膨胀，从深深的海洋里一路逃奔，最后不得不撞到岸边，无可奈何地爆出海面，造成辽东半岛一年一度的壮观而奇妙的景色——鲅鱼食抢滩。

鲅鱼食抢滩是人类最幸福的时刻，每年盛夏，大海都会给辽东半岛沿岸送来这盛大的美餐。随着一声"鲅鱼食抢滩了！"的呼号，海边所有的人特别是女人和孩子，都会兴冲冲地冲出家门（强壮的男人不干这等守株待兔的轻省事，此时他们正驾船在深海里捕大鱼)，女人和孩子们手里拿着柳筐、菜篮、网兜甚至是锅碗瓢盆，站在稠厚的鲅鱼食群中，任何一种家什都是良好的工具。

海水开始发稠了，有不少的鲅鱼食顺着浪头涌上来，男女老少们在齐腰深的水里拉开一条防线。惊慌失措的鱼儿感到不妙了，它们胡乱地钻来钻去，撞击或磨蹭着人们的大腿，有些痒。

一道道雪白的浪花排着队般地涌上岸边，与陆地撞击之时，可以见到一些鲅鱼食被抛在鹅卵石上蹦跳，亮晶晶的鱼肚和黑蓝色的鱼背交替闪烁，俨然在跳现代舞。一阵腥鲜的味儿也随之涌上来，人们的收获情绪像海浪一样越来越高涨了。

天气真好，太阳像个煮熟的大蛋黄，热气腾腾地冒出来，蓝蓝的海水被镀上了一层金彩，显得不真实了。富有经验的人眯起眼睛，扫视着海面，按兵不动。心急的孩子们却在跃跃欲试，他们把筐子或网兜探进水里，拖过来划过去，然后猛地捞出水面，可以见到一些亮晶晶的鲅鱼食在筐子底下蹦跳。富有经验的人不屑地撇着嘴：真是些笨蛋，等鲅鱼食大批涌过来，就累得没劲儿了！

果然，一阵大浪涌来，人们已经可以看到一片片闪动的银光，数以亿计的鲅鱼食至少以一比一的比例，也就是一斤海水一斤鱼的数量搅和在一起，排山倒海般的势头涌向岸边。

来喽！来喽！人们尖叫起来，纷纷勇猛地冲进浪涛，不亚于饥饿而凶猛的鲅鱼。所有的人都拉开了架势，把手中的柳筐高高地扬起来，然后刷地舀进水中，逆着浪流尽力捞去，又刷地将柳筐抬出水面,空空如也的柳筐盛满激烈蹦跳的鲅鱼食。人们一个个急速地转身,踏着水花飞跑上岸,把活蹦乱跳的鱼倒在平坦的沙滩上,一时流金泻银,煞是好看。然而没有人欣赏这种美景,只是飞也似的又转身跑进海里,再度把柳筐舀进水中。

有人吆喝着唱起来——

一筐捞金呀,

两筐捞银,

三筐捞出个呀,

——大活人!

有俏皮的男人接着唱——

回到家里灯下看,

白白的奶子颤又颤……

最正经的女人这时什么也听不见了,她们此时完全像个转动的机器,全速捞鱼,飞速上岸,再全速捞鱼,再飞速上岸。

鲅鱼食越涌越多,昏头昏脑不知所措,开始成群结队地撞着人们的大腿和肚皮。

蛋黄般的太阳不知何时已腾空高升,并变成一个发烫的大火球,散发出无穷热力。然而,发疯般捞鱼的人们已经感觉不到这个大火球的存在,他们现在只是重复着相同的动作。尽管人们如此发疯般地捞鱼,水里的鱼一点也没见少,反而却越捞越多。接近中午时,涌上来的鲅鱼食多得不能再多了,它们拥挤着,蠕动着,在缺氧的水里张着嘴,清澈的海湾渐渐变成浓稠的鱼肉糨糊,浪涛也在鱼群的蠕动中显得缓慢而呆滞。人们的动作也开始慢下来，因为一切技巧都是多余的，只消把筐子往水里一舀就会装满鱼，这简直就是站在堆满鱼的仓库里，动手拿就是了！

城里的渔贩子也闻讯赶来，他们开着手扶拖拉机，驾着摩托车，骑着自行车，甚至推来手推车，完全像一批闻腥而动的馋猫，在沙滩上一字排开，两眼放射着见财眼红的亮光，与捞鱼的人们相比，他们仿佛是第二道防线。但是，看着如此之多的鲅鱼食在海水里蠕动，这些家伙却只是袖手等待，因为此时只要出一元买鱼，就能卖到十几元的暴利，所以他们一个个倚在车旁守株待兔。潮水开始后退时，捞鱼的人们纷纷走上岸与渔贩子们交易，这是大自然给予的盛大节日，白花花的票子与银闪闪的鱼相映相照，所有不同形状的脸都笑开了花。

沙滩上一座座小鱼山很快消失。一阵马达轰鸣，油烟喷涌，手扶拖拉机、摩托车和所有的什么车都纷纷开动，顺着通往城里的路，腥鲜的鱼味儿很快就漫延开来，数以万计的鲅鱼食变成清蒸、酱焖、油炸等美味食品，进入千家万户的餐桌上，进入人类贪婪的胃口里。

潮水再次回涨之时，一轮明月已高挂中天，黑蓝的海面由于游动着数万亿的鲅鱼食，翻腾着一大片一大片细碎的银花，人们的筐子打下去，又立即爆出一串串更亮的电击般的海火。人们托着装满鱼的筐子，犹如托着一筐流动的银子，踏在沙滩上的脚下也迸发出火花和火星,把筐子倒扣过来,流动的银子倾泻在沙滩上,一下子燃烧起来。这也是辽东半岛著名的美景之一"海火之夜"。不是哪一个晚上都有海火的,而月亮太阳和地球旋转到恰好的角度,才能使大海反射出海火的光彩来。在有灿烂海火的夜,人们捕捞鲅鱼食干劲就更足了。

鲅鱼食抢滩有时能持续几个潮流,还是前赴后继,逐浪而来。第一批被海浪抛向岸边,脱水而干涸,第二批又涌了上来,再度壮烈牺牲。这样一层层半干的鱼尸铺满了长长的海岸线,人们踏着这厚厚的鱼肉,完全像踏在柔软的海绵上。但水里活着的鲅鱼食还在不顾死活地滚滚而来。人们干脆就踩着这厚厚的死鱼,走到水里捞还活着的鱼。人为财死,鸟为食亡。海边所有能下水的人全都累得剩下最后一口气,不得不瘫倒在沙滩上的时候,还朝海里拼力睁着发红的双眼。夜色越来越浑浊沉重,所有的海火也随之熄灭。只有滚滚而来的鲅鱼食还在水里愚蠢地涌动,无可奈何地向死亡进军。

太阳再度升起来,大海又一次疲惫地退下去,东南风却愈加有力了,所有活着的和死去的鲅鱼食都被无情地抛上沙滩,它们成片成堆地交织粘连,在炽烈的太阳照射下,整个海湾犹如一口巨大的热锅,煎烤着一张张奇形怪状的鱼饼。开始,附近人家的鸡鸭鹅狗闻腥而至,连猪们也为此撒开四蹄欢跃;接着,方圆数里的家猫、野猫、老鼠和叫不出名字的水鸟,浩浩荡荡地从四面八方赶来,它们高叫着,撕扯着,咀嚼着,大享口福,拼了命地把辘辘饥肠塞饱，塞满，塞得暴胀。与此同时，海底下的螃蟹也在欢天喜地地大干一场，它们张牙舞爪地横行，成群结队地爬向臭气熏天的营养，这些家伙们怎么也想不到有这等天上掉馅饼的美事。最终，天空发出轰炸机般的轰鸣，成千万成亿万的红头绿头尖头圆头苍蝇振翅而来，巨大的灰色云团扑向巨大的鱼饼，疯狂地扫荡着开始发酵的海湾。

　　鲅鱼食抢滩之后，城里的街道上空终日飘溢着海鲜味儿，大人小孩儿都精神抖擞，脸色红润。东南风之后是暴雨横行，暴雨过后又是晴空万里，再回到海边，人们会发现，海似乎更蓝，水也更加清澈，鱼虾更肥更美了。那些活着的或死了的鲅鱼食全都没了踪影。什么事也没发生，似乎大海是个巨大的屏幕，刚刚上演了一场虚构的电视剧而已。

　　然而，这种鲅鱼食抢滩的情景，近些年来在辽东半岛已经绝迹，真就是一场虚构的电视剧了。那惊心动魄和呼天抢地的生动，只是在老一代人的心灵里偶尔闪现；在新一代人的耳朵里，渐渐变成难以置信的神话传说。

水 下 拳 击 手

　　我们中国武术中有一种拳式,打法很特别,双肩耸起,两只胳膊在空中划着变幻规则的弧形,突然就出击,将对方打个措手不及,酷似螳螂捕食的动作,所以号称螳螂拳。螳螂拳最大的特点就是所有的力量都运用到两只胳膊上,犹如西方的拳击手。而在海里就有一种螳螂虾(俗称虾蛄),长着一对酷似螳螂的大螯,俨然两个重拳,威武地挥动和打斗,比陆地上的螳螂更凶猛也更有力量。倘若你有幸在水下看到螳螂虾捕猎的过程,绝对会惊叹造物主的绝妙创造。

　　全世界大约共有七百种螳螂虾。中国近海已发现八十余种,南海由于水温适宜,螳螂虾的品种最多,可以说五颜六色,五彩缤纷。而且个头也大,能长到30厘米长,重量将近一斤左右。但据报载,

也有大得令人恐惧的螳螂虾,这家伙产自菲律宾,能有一人多高的体长,犹如史前动物。

在山东半岛和辽东半岛,也就是说在中国北方寒冷水域,螳螂虾就个头娇小玲珑了,一般为十厘米左右,虾的品种也稀少单一。不过虽然品种不多,却生长得结实、强壮并动作灵敏。数量往往成千上万,在广阔的大海里浩荡前行。螳螂虾的肉和卵都可食,味道相当鲜美,特别是产卵季节,鲜美的程度远远超过所谓"大对虾"。在沿海城市饭店里,只要到了一定的季节,所有的餐桌上都有螳螂虾这盘菜。而且这些家伙生命力极强,从深深的水下捕捉到船舱,再到人类的厨房里,还在挥动腿脚,躁闹着,摩擦着,试图反抗。它们瞪着圆珠笔尖般的小眼睛,不理解自己为什么会在如此干燥的盆盆罐罐里,所以就不断发出"刷刷刷"的响声,倒霉的是这就更令食者感到海味鲜活。

螳螂虾的形象奇特而奇妙,细密的盔甲排列犹如坦克的履带,百十条腿整齐划动又似千足虫,却又长着螳螂的两只大螯,所以,它有很多别名:辽东半岛的渔人看到螳螂虾能到处爬动,就叫它是"虾爬子";北京食客吃螳螂虾时要费力扒去甲壳,就称它是"皮皮虾",上海和广州人发现螳螂虾被抓时腹部会射出无色液体,所以贬称为濑尿虾。这个名称实在是大煞风景,但似乎并不影响广州人的胃口。

在五光十色的海底,螳螂虾全身披盔挂甲,色彩斑斓,既是漂亮的衣装，又是巧妙的伪装。但螳螂虾并不满足自身的伪装，所以还在海底打洞，并埋伏在洞口，只露出半个脑袋窥视敌情。一旦见到猎物靠近，就悄悄缩紧双臂，以拳击手的姿势严阵以待，当猎物靠近有效的打击位置，它便猛地一拳就将猎物击昏。有研究者潜到海底近距离观察，惊讶地发现螳螂虾"出拳"的速度犹如闪电，比人类拳击手快数十倍甚而数百倍，两条长臂从缩在胸前的位置打到猎物身体的位置，然后再缩回胸前的位置，在人类的肉眼看去，似乎螳螂虾压根就没出过拳。只是在高科技处理的慢镜头效果下，你才能看到螳螂虾的长臂确实伸出去又缩回来。有科学家用仪器精确测算过，螳螂虾在攻击猎物时，其打击速度是十万分之一秒。天哪，即使是人类目前制造的最灵敏的机器人，也得中招。而且有一些品种的螳螂虾在长臂下面长着一对锤子，随着打击的瞬间，这对锤子的冲击力度超过螳螂虾体重数百倍，而且由于速度太快，竟然会摩擦产生高温，甚至能让周围的海水冒出电火花。然而，螳螂虾"出拳"的准确性，更会令你目瞪口呆，特别是它与"重盔厚甲"的蟹将军战斗，很是精彩。蟹将军的两只大钳是最有力的武器，所以螳螂虾首先是瞄准这两只大钳，只有先打断这两只大钳，才能制服这个不可一世的家伙。然而蟹将军也深知螳螂虾的打击能力，所以总是不断挥舞双钳来威胁螳螂虾，这就增加准确打击的难度。可螳螂虾并不动声色，它只是专注地盯着舞动的蟹钳，眼睛里面就像有台计算机，不断地测算蟹钳挥动的速度与角度，数据测准之后，突然就一拳打过去，只听"咔嚓"一声，蟹钳应声碎裂。然后就接连打一组"组合拳",所有的蟹腿全都在准确地打击下断裂。断了腿脚的蟹将军傻了,只能老老实实地被螳螂虾拖到洞穴里的餐桌上。

螳螂虾如此精彩并精确,以远超人类发明的电子武器般的打击,往往使科学家震惊,所以兴趣盎然地再三研究,并发现其奥妙。原来螳螂虾拥有动物界最为复杂的眼睛和最佳的视力,其高耸的双眼至少有八种用以分辨颜色的细胞,而人眼仅有三种。有研究者说,如此独特的眼睛构造可以为人类科学家研制电子传感器提供参考,以扩大电子传感器的识别范围。有这么尖端的武器,加上力量和速度,使螳螂虾成为海洋世界里最出色的拳击手。

螳螂虾大概觉得自己武艺高超,拳法精练,所以自恃勇武,专门找硬家伙打斗,威武雄壮的蟹将军已经是手下败将了,它就去挑战龙虾,披着坚硬钙质装甲的龙虾当然不是好惹的,它不仅有尖锐的龙须枪刺,而且弹跳扭打绝对灵活。但螳螂虾不玩花架子,还没等龙虾摆好战斗的姿势,就一拳打将过去,带有两个锤节的螳臂一下子就击中龙虾的神经系统,龙虾甚至还没明白怎么回事,就当场毙命。有时龙虾见螳螂虾来势凶猛,想调头逃走,但螳螂虾双臂上的倒钩刺比龙虾的须枪更厉害,猛地就刺穿逃跑的龙虾。这种打击的方式与陆地上的螳螂亲戚还真是不谋而合。征服了龙虾之后,螳螂虾又去挑战固若金汤的海螺。海螺驮着坚固的螺壳,完全像躲藏在钢筋水泥建筑的地堡里,所以它决不与螳螂虾交手,只是安稳地缩在坚固的硬壳里,等着螳螂虾无可奈何后,再继续散步。可海螺万万想不到螳螂虾的打击力度,那两只粗壮的双臂发了疯地挥舞,双拳擂鼓般地砸向螺壳。海螺先是感到震耳欲聋,后来就天崩地裂般地看到自己的地堡被"炸开"。

螳螂虾骄傲地看到,海洋里所有坚硬的家伙都不是它的对手。渐渐地,螳螂虾就以霸王自居,甚至不把人类放在眼里,当它被人类捕捉后,脾气暴怒,决不屈服。竟然能一拳将厚厚的玻璃鱼缸砸得粉碎。科学网上报道说,英国渔人捕捉到的三只螳螂虾,送到东萨塞克斯郡黑斯廷斯市的水族馆放养,没想到这三只螳螂虾强力反抗鱼缸的囚禁,挥动双螯击碎玻璃,使大惊失色的工作人员几乎无法招架,最后将它们放到更为结实的钢化玻璃鱼缸中,才使暴怒的螳螂虾老实就范。水族馆的凯特巴斯介绍说:"螳螂虾在英国非常罕见,以前极少有捕获记录。所以它们极富攻击性的钳子,让我们的工作人员束手无策。"

有研究者惊讶地说,当今地球变暖,对所有的海生物的生存都有威胁。没想到螳螂虾却因"变暖"而能更健壮地生长,种群竟然发展到从来没见有螳螂虾的英国海域。

由于螳螂虾的双拳能横扫一切,所以一个个我行我素,独闯天下。如果在前进的路上撞见同类,也决不放过,打架是家常便饭。螳螂虾之间的战斗是力量与力量的较量,不打得两败俱伤决不算完。最常见的同类战斗是抢夺地盘,而这个地盘其实就是洞穴。洞穴在螳螂虾的生活中起着非常重要的作用,如果没有天然的洞穴,螳螂虾就要自己艰苦劳作,在礁石下面的沙地上打洞。螳螂虾要挖出石头,要疏松沙砾,还要来来往往地运输。它干起活来动作挺奇特,将前肢弯成筐子状,再用这只筐把碎石运走。但要在沙地上打一个洞谈何容易,松散的沙土使洞顶很容易垮塌,所以螳螂虾就得不断地、及时地清除下滑的沙子,保持入口处的清洁和畅通。问题是激流和海浪不断地冲击,洞口之处几乎就永远的塌方。所以最常见的景象,是螳螂每天永不停止地清除洞口塌下来的泥沙。

螳螂虾打出的洞穴可以说是个奇迹,就像电影《地道战》里的地道,曲里拐弯,深不可测。有些洞穴十数米深,而且里面结构复杂,旋转迂回,并有分岔路口,犹如地下迷宫。只要是一些鱼虾跑进这个洞穴里,就等于自投罗网,很难再逃得出去。在细致地观察研究下,人们渐渐发现,螳螂虾决不是有勇无谋的莽汉,只靠蛮力猎取食物,这家伙相当有智慧,很懂得"智取",这故意建造得弯曲迂回的洞穴,就是它智取的策略。所以,洞穴是螳螂虾的重要财产,是生存的有力保证。为此,螳螂虾与同类最多的战斗往往是为保卫洞穴而战。当一个螳螂虾看到来犯的同类时,往往就会全力拼命,付出血汗和劳累的果实要被侵略者抢走,它绝对一百个一千个不答应。因此,尽管双方打得死去活来,一般而言都是洞穴拥有者获得最后的胜利。可是,当一个雄性螳螂虾戒备森严地保卫着它的洞穴时,却突然对来犯的同类大开绿灯,那来犯者肯定是雌性。只有雌性才允许进入雄性的洞。问题是螳螂虾无论雌性雄性都勇猛凶狠并性情暴躁,为此,男女螳螂虾们既彼此笑容满面,又相互心惊胆战。男螳螂虾只要稍有不慎,女螳螂虾就会暴怒地反抗。这种必须警惕万分或心惊胆战地谈情说爱,在人类看来,绝对不可思议。然而,陆地上的男女螳螂做爱之后,一般是女螳螂无情地吃掉男螳螂。水下的螳螂虾大概知道陆地上的亲戚有这个"习惯",所以,一面亲热爱抚,一面剑拔弩张,即使是爱得昏头的关键时刻,脑子里还不断闪烁着随时逃跑的字眼。这哪里是什么爱情结合,绝对是粗暴的强奸行为。

造物主大概早就设计好了,不会允许任何一个物种独霸一方。螳螂虾再有高超的武力,也有它的克星和天敌。这个天敌主要是章鱼。一般而言,所有的动物都是这个特性,对属于自己食物的,都是残酷捕杀;但对克星和天敌,只有束手就降。这大概也是上帝安排好的程序。但螳螂虾却例外,它竟然毫不畏惧天敌。章鱼可是非同小可的凶狠之鱼,它几乎就是专门对付长有盔甲的动物。然而,令它意想不到的是,螳螂虾竟能全力地拼命反击,这往往令章鱼不知所措。螳螂虾在与天敌章鱼战斗之时,还会使用一种高招,将自己的下半身努力向上卷曲,使背部的盔甲形成盾牌式的遮挡,犹如古罗马的角斗士,一面战斗,一面举着盾牌抵御敌人连续不断的打击。章鱼为此感到吃螳螂虾这种食物太不轻松,所以它总是去捕捉蟹子和龙虾,尽量避免与螳螂虾动武。倘若实在饥肠辘辘时,这才不得不打螳螂虾的主意。可是当章鱼硬着头皮爬到螳螂虾的洞穴前面时,却又谨慎地停住了,它大概回想到过去曾与螳螂虾战斗的过程,因此,明知螳螂虾就在洞穴里,也不得不三思而行。

　　当然,螳螂虾斗不过人类。不过即使是被人类降服之后,这家伙也挺壮烈,在火烧沸煮之后,盔甲的色彩更加鲜艳。人类也不亏待它,厨师用精湛的手艺加工,一盘螳螂虾端上餐桌后,简直就像艺术品,食客们惊喜地看到菜谱上写道:花雕酒醉富贵虾。味道特点:酒香浓郁,新鲜滑嫩。惜哉! 水下威武雄壮的斗士,在人类的餐桌上成了花哨的摆设。

感 谢 海 参

　　20世纪六七十年代，我是捕捉海参鲍鱼的高手。凭着一口气量，我能潜进汹涌的浪涛下面，在暗礁缝隙中寻找这些海中珍品的藏身之处，并准确无误地将它们一个个擒拿到手。直到今天，还有诸多记者来采访我当年捕捉海参的惊险和趣闻，更有一些经营海参的老板们，频频请我吃酒席，想让我为他们说些能将海参多卖钱的广告语。这令我沾沾自喜却又悔恨万分，因为我曾是破坏自然生态的野蛮杀手。当然，在那不堪回首的可恨年月里，人们都饿得两眼放绿光，不用说海参，就是礁石上的海菜也像剃刀剃过一样，恨不能斩尽杀绝。其实，我开始也只能是在岸边揪海菜，在沙滩上挖蛤蜊。但无论是城里还是乡下的饥饿人群，已经拔光了山上的野菜，于是全都拥到大海边。那时，辽东半岛所有的海滩，只要是退潮，就会被成千上万的赶海人翻得底朝天。最终逼得我只能是往深水里寻找果腹的海味，也就咬牙跳进波涛之中，并练就了凭一口气量扎进海底的能力。这才知道深水里好吃的东西多着哪，有扇贝有海螺有海胆有鱼虾，还有令人眼红的鲍鱼和海参。老渔人们说，陆地上有人参，海水里有海参，都是最值钱的。在我捕捉海参的年月里，只有"高干"才能有口福吃海参（那时还没有老板和大款）。所以我只要潜进海里，什么蛤蜊、扇贝、鱼虾和海胆，全不当回事儿，只要见到海参，立即就两眼放红光。

能潜进海底暗礁里拼命的毕竟是少数，为此在那饥饿的年代里，我却营养丰富，身强力壮。

海参在餐桌上位置显著，价格不菲，但在海洋里却没那么光彩，甚至还有点可怜。说起来海参大概是全世界最老实的动物了，老实得简直就像个植物。在偌大的蓝色世界里，鱼儿犹如离弦的箭一样，嗖嗖地飞来掠去；蟹子既能鬼头鬼脑地与你捉迷藏，又能张牙舞爪地反抗；海胆虽然动作迟缓，但浑身刺猬般的武装，使你不敢轻易下手；海螺布满花纹的螺壳完全和石头一个模样，让人真假难分；就连身子固定在礁石上的扇贝，逼急了也能断开根系，扇动贝壳逃之夭夭。但海参却只是老老实实地躺在那里，老老实实地啃泥吃沙。你要是捉它，它更老老实实地缩在你的手心里，决不逃跑。有科学家计算过，跑得最快的海参，时速只能达到3米，也可能是5米，比乌龟还慢一百倍。一般潜水员在水下，也很难看见海参走动，它们全像鹅卵石一样纹丝不动。当然，海参也有逃跑的本能，只不过它所采取的逃跑方式，更让人觉得可笑并可悲。有时渔人接近海参，刚要捕捉，却见海参猛然将肚子里的胃肠喷射出来，并借助喷射的反作用，逃出一尺多远的距离。这种牺牲胃肠的逃跑方式，对追逐它的鱼儿来说，确实有点作用，因为鱼儿咬住喷出来的胃肠，以为是咬住海参。但对人类来说，只能是可笑的雕虫小技。

不过，你与海参打交道时间长了，就会有些吃惊，原来这个老实的家伙看似老实，却有着莫明其妙却又相当高妙的反抗本领，就是默默地溶化式的自杀。它只要是被捕捉到渔人的网兜里，就开始自杀式反抗，这种反抗就是将自己溶化，直至溶化成稀溜溜的糨糊。倒霉的是这种自杀式反抗却遭到人类更残酷地"镇压"，渔人迅速地将海参捉上岸，迅速地用刀将海参剖腹，从刀口中用力挤出海参的胃肠等全部器官，只让它剩下一个空肉壳，也就是说坚决彻底地消灭它的反抗能力。倘若在海边耽搁时间太长，这些海参便继续溶化，人们就气愤地将这些溶化得稀溜溜的家伙抓起来，狠狠地朝礁石上摔打，只要狠摔几下，海参就因疼痛的刺激开始紧缩，很快就回复弹性的圆状。但即便是这样，海参还在负隅顽抗，它在寻找人类身上或物体上任何一点油腥，只要沾上一点点油腥气，这家伙就会来个"化合反应"，即使是在烧得沸腾的铁锅里，也能用最后一点气力挣扎着将自己高速溶化掉，让自以为胜利的人类，眼睁睁地看着一阵泡沫翻腾。其时，锅中所有的海参全都像中了邪似的，变成一锅黏黏糊糊的疙瘩汤，既不能吃更不能卖，白忙一场。由于女人手上身上或多或少都有些脂粉，所以她们动过的海参，几乎百分之百地完蛋。很长一段时间，人们误以为女人不吉利，在加工海参时，对所有的女人都视为大敌。后来才明白这是脂粉的作用。再后来人类渐渐观察到，海参的溶化不仅仅是自杀式反抗，还是一种逃跑的伎俩。粗大的海参忍受着痛苦将自己溶化成半液体状态，可以从很小的网眼中"流淌"出去，进而逃跑。

海参有着奇特的习性，只是吃身下的泥沙，就会长成一个肉乎乎的、蛋白含量极高的海参，而且这家伙还相当娇贵，冬天太冷时，它就钻进礁石缝隙中冬眠；夏天太热时，它又钻进礁石缝隙中夏眠。所以，捕捉海参的最佳季节是在初春和初冬，对人类来说，这个季节恰恰更感到冷飕飕的。大概是为了获取阳光的温暖，海参们成群结队地缓缓蠕动到浅水区来。在明亮的阳光下面，它们身上的花刺儿完全像梅花鹿身上的花斑点，格外闪耀光彩，为此就暴露无遗。这时你用不着费多大的力气，尽可以横扫千军如卷席。在水镜、脚蹼和鱼枪的武装下，我曾在辽东半岛所有的海湾潜水，一个潮流下来，就可以获取八百至一千头海参。用今天的价钱算，可以卖到四五万元，也就是说几个小时就能拼搏得到一部长篇小说的基本稿酬。当然，这里有"拼搏"二字，那可是真正的拼搏。当你光着脚踩到冰硬的鹅卵石上，皮肉与一层寒霜，或铜钱厚的冰碴儿零距离接触时；当你赤身裸体扎进浪涛里，体温与砭骨般海水百分之百地撞击时，你就会大彻大悟地意识到，这个世界绝没有什么轻松和捷径,也绝没有什么运气和侥幸。

在那刀锋箭镞般的暗礁丛中,我像游鱼一样钻来窜去,但这毕竟是凭一口气量,所以,死神紧紧地盘踞在喉头。稍有不慎,尖削的牡蛎壳会轻易地划开皮肉,曼舞的海藻会无情地缠住身躯,狭窄的礁洞会突然截住出路,还有刺骨的、湍急的暗流、冷流、底流,会把我渐渐冻僵、冲昏,拖向海洋深处。这一切,全凭着一口气量去对付,去周旋,去撞击。因此,人们赋予干这个行当的人,有个粗野、勇猛,甚至有些文理不通的称号——海碰子。千百年来,人们这样呼着、叫着,什么意义呢? 谁也说不清楚,也许是将生命抛进浪涛里碰大运吧。

更可怕的是,当你在冰冷的海水中捕捉海参的时间超过半个小时,就得迅速游回岸边烤火,这时你的身子已冻得浑身痉挛地打哆嗦,好不容易点燃岸边提前准备的柴草后,你几乎就像发了疯一样地扑向火苗,不顾死活地去拥抱温暖;在火苗上反复旋转着身子,完全像烤羊肉串。火舌像无数枚炽热的钢针,穿透我的皮肤,扎进肉里,骨缝里,驱除使我激烈战栗的寒气。此时灼烫的疼痛不仅不使我感到一丁点儿痛苦,反而使我觉得说不出的舒适和快活。当冻得铁青色的身体渐渐烤出一块块红斑时,用海碰子的行话说是烤出"花"来,也就说明烤到数了。怎么办呢,再次抓起鱼枪和鱼刀,再次跳进冰冷的大海里捕捉海参;并再次冻僵,再次痉挛,再次爬上岸像烤羊肉串那样的烤出"花"来,然后再次下海……一个潮流,我们必须这样往返三次,就是"下三水",才能完成收获的需要。

越是凶险的暗礁,海参的个头越大;越是冰冷急湍的海流,海参的质量越高。在那个必须永远诅咒的年月里,恰恰是海参给我上了人生最重要的一课:在这个世界上,你不吃苦头,不做出牺牲,是绝不会有收获的。你甚至必须百分之百地付出,才能得到百分之三四十的回报。因此,我不但不相信天上掉馅饼,连地上能否长出麦子,也决不盲目乐观;我从不抱怨我得不到的东西,而得到的东西,我也理直气壮地拥有。

在那个"一穷二白"的年代,一斤干海参只能卖将近二十元钱,但这等于当时技术工人半个月工资。为此,捧着这些硬邦邦,圆乎乎的干海参,绝对像捧着小元宝一样。虽然我舍不得吃海参,但却被海参滋养过。因为在海边给海参剖腹时,看到一嘟噜一嘟噜黑色的肠子从刀口中流淌出来,突然就有金黄色的东西闪烁其间,像一串串细长的微型麦穗,在黑色的肠子中格外显眼惹目。有老渔人就告诉我们,这是海参的子儿,也就是生小海参的卵子,营养高着哪!于是我就试着吃起来,竟然不太咸,竟然还有点鲜,竟然越吃越感到还有点香味了,我为此大吃特吃。吃一个海参,只是伤害一个生命;吃一串海参子儿,就是伤害一千个生命,啊,我真应该千刀万剐!

三十多年过去了,我依然感觉自己有些雄赳赳气昂昂,十分钟走一公里对我来说是小菜一碟。我还能以一天一千公里的速度驾车;可以登长白山,爬兴安岭,过黄河,跨长江,飞驰内蒙古草原……连续疯跑半个月，照样精神抖擞。我不敢说我能活得多长久，因为健壮不等于长寿，但能如此健壮地活着，这就是幸福和幸运。我感谢上苍，感谢我的父母。不过，细细回首我走过来的艰难岁月，我还应该郑重并亲切地说一句：感谢海参。

鲍鱼啊鲍鱼

鲍鱼不是鱼,却比鱼的名气大多了。我们祖先在远古的年代就认识鲍鱼的价值,作为高等菜肴招待高档贵客。在清朝时期,宫廷中就有所谓"全鲍宴"。据资料介绍,当时沿海各地大官朝圣时,大都进贡干鲍鱼为礼物,一品官吏进贡上等的"一头鲍";二品官吏进贡"二头鲍";依此类推,七品官吏进贡"七头鲍"。鲍鱼与官吏品位的高低挂钩,可见这"海味之冠"的价值。西方"老外"早就知道鲍鱼好吃,经常将鲍鱼摆到宫廷的餐桌上,并将鲍鱼誉为"餐桌上的软黄金"。

随着经济浪潮的升腾,鲍鱼就成了我们酒店宾馆里各种宴席上的大菜,什么清蒸鲍鱼、红烧鲍鱼、沙拉鲍鱼、五彩鲍鱼、酱焖鲍鱼、滑熘鲍鱼、麻酱鲍鱼、香菇鲍鱼……请客的或被请的都感到一种高档的品位。然而在我小的时候，辽东半岛沿岸的任何一个海湾，只要憋一口气扎进半个多人深的水里，就可以捉到鲍鱼；如果潜得再深一些，不但鲍鱼数量多，而且个头也大起来，这时，我们就兴奋地喊道：一巴掌哈！也就是说鲍鱼的个头犹如一个人的手掌大小。用渔刀将壳里的鲍鱼肉剜出来，放在火堆上烤得嗞啦啦冒油汤，然后就胡乱地嚼着，稀里糊涂地咽下肚去。为此，我们敲击鹅卵石打拍子，抻着脖颈高唱：我们都是穷光蛋，口袋里没有一分钱；我们都是阔大爷，鲍鱼海参就干饭！……

那个年代好像总是饿，只要能下咽的东西都发了疯般地往嘴里塞，但最珍贵的还是粮食，只有粮食才能真正垫饥(吃饱)，所以，要是一斤鲍鱼肉能换一斤大米，那就是求之不得的好事。现在，一斤鲍鱼肉能换一百斤乃至一千斤大米还要倒找钱呢。为什么呢？人们的口袋里有钱了。饿惯了或饿怕了的中国人有了钱，首先就想到吃，从低级吃到高级，一路吃下去，最终吃到山珍海味也就吃到鲍鱼。会挣大钱的商人也就趁热打铁，大力宣扬鲍鱼的营养——鲍鱼富含丰富的球蛋白，营养价值是核桃的七八倍；鲍鱼的肉中还有一种神奇的"鲍素"，能够破坏癌细胞生成。医学界也擂鼓助阵，说鲍鱼具有滋阴补阳，平肝，固肾，调整肾上腺素分泌的功效，具有双向调节血压的作用。滋阴补阳的食物一般是有着严格区分的，如果你阴虚吃人参，更会升腾燥火甚至大流鼻血，而鲍鱼却阴阳并用，补而不燥，绝无副作用。锦上添花的是五彩缤纷的鲍鱼壳还是著名的中药材石决明，因为有明目的功效，我们的老祖宗称它为千里光，在千里光中间包裹的鲍鱼肉，那真正是了不得的绿色食品。渔村里的人对鲍鱼不太有华丽的形容词，但却有着朴实而精彩的评价：鲍鱼肉不塞牙。细细想想，这可谓极致的表扬了，什么高级的鱼呀肉呀，吃了都塞牙，而既富有弹性又有咬劲儿的鲍鱼肉，却不塞牙，绝对妙不可言。

令鲍鱼更上一层楼的光彩是20世纪70年代，美国总统尼克松访华，这是冷战以来中美两国第一次打开坚冰的超级外交。周恩来总理亲自布置交办给国务院的任务，招待外宾的国宴上要用辽东半岛的鲍鱼。因为北纬39°的海水不冷也不热，最适于鲍鱼的生长。任务下达到黄海的獐子岛后，人们备感光荣和自豪，尽管鲍鱼在冬季都深藏到礁石深处"冬眠"，很难寻找足迹，但年轻的潜水员王天勇鼓起勇气，在零下二十多度的严寒中，潜进砭骨的海水里寻找和捕捉质量高档的鲍鱼。每一次浮出水面，他的潜水衣就被冻成一层玻璃状的明盔亮甲，用棍子敲，咔嚓咔嚓地往下掉冰碴儿。他先后奋战多天，下潜一百多次，终于捕捉到一千多公斤高质量的鲍鱼，火速送到北京。《中美公报》发表后，周恩来为此致电，表扬为这次重大外交成功奋战过的劳动者是"幕后英雄"。至今，王天勇的照片还高挂在獐子岛英雄谱上。

然而，越高级的东西就越少。现在，几乎就是全民吃鲍鱼了，鲍鱼也就一百倍地稀有和珍贵。于是，所有见钱眼红的人都拼了命地跳进海里，剃光头般地将海底刮了个净光，连鲍鱼崽子也斩尽杀绝。鲍鱼身价倍增，等级已经按每斤"头"数计，有一头、二头、三头至十头、二十头不等。一段时间，日本极品鲍鱼的市场价以"克"计算。再发展下去，可以摆到黄金柜台上了。

前面说过，鲍鱼不是鱼，其实是贝类，但一般贝类都是双壁壳，将自己包裹得严严实实。可怜的鲍鱼却是单壁壳，另一面空荡荡地暴露出一大片嫩肉，所以它只好将嫩肉一面紧贴在礁石上，即使是走动，也是相当谨慎地贴着石面滑行，一旦遇到天敌，它立即就拼死地吸附在礁石上，你就是将鲍鱼壳砸得粉碎，那块嫩肉也像铸就在礁石上，岿然不动。有研究部门做过实验，发现鲍鱼肉足的附着力相当惊人，一个中上等大小的鲍鱼，其肉足的吸着力高达200公斤。任凭狂风巨浪袭击，都不能把它掀起。捕捉鲍鱼时，只能乘其不备，以迅雷不及掩耳之势，用金属铲子将其铲下或掀翻。我当"海碰子"那阵，就有不锈钢做成的鲍鱼铲子，手持这亮闪闪的武器，任我在水下大开杀戒，无论鲍鱼怎样抵抗，也会百分之百地被铲下礁石。看到裸露出嫩肉的鲍鱼在水波里无可奈何地翻滚，我得到一种征服的满足。长久地捕捉更使我经验丰富，因为鲍鱼爱吃海藻菜，又爱在光秃秃的礁石上滑行和晒太阳，所以上半部光亮、下半部长满海藻菜的"和尚头"式的礁石上，肯定会有鲍鱼。我只要潜进水里，就瞪大眼珠子寻找"和尚头"，为此收获丰厚。

可当我成为一个写作者时，当我懂得一些生态失衡的科学道理之后，这才意识到我曾经是多么的愚蠢可恨。20世纪末当我再度

118

潜进辽东半岛的浪涛里,再次穿行于曾令我恐惧和欣喜的暗礁丛,我发现以往丰富多彩的水下世界,竟变得空空如也。我仿佛漫游在月球或火星的山谷里,四周一片死寂。失去生命的礁石更加沟壑纵横,俨然一张张皱纹密布的老脸,上面刻满了哀怨……无论我怎样寻找,哪怕是找到一百个一千个"和尚头"礁石,也看不到丁点儿鲍鱼的影子。永远的清冷似无形的利剑,不断穿透我的身体我的心胸我的大脑,我感到我的灵魂在打哆嗦。因为我曾是杀害这里生命的一员干将,我怕成千上万海的鬼魂对我进行报复。我开始哀鸣:没有鲍鱼甚至没有鱼虾的大海还能叫海吗?

进入21世纪后,突然,人类餐桌上的鲍鱼多起来,不单是豪华的酒店,连最不起眼的小店也堆满了五彩缤纷的九孔花壳鲍鱼。而且鲍鱼的个头越来越大,鲍肉越来越肥,这使我疑心并忧心。因为聪明绝顶的人类,什么招儿都能想出来,说不定又发明了什么化学药剂,催化和催胖了可怜的鲍鱼。后来我终于得知,人类养殖鲍鱼大获成功,就像养鸡养鸭那样,圈在一个笼子里或一个池塘里,喂食就成。我这才发现,过去七彩鲍鱼的壳面相当干净漂亮,这是鲍鱼的习性所至,因为水里总是漂浮着无数寄生贝类的卵子,而这些卵子又最愿意附着在海洋动物的身上,就像搭乘免费的公共汽车,不费任何气力地到处旅行觅食。当然这些卵子也就附着在鲍鱼壳上,但鲍鱼甚爱干净,甚至干净得像患有洁癖。只要发现身上有东西粘上来,就大感不舒服,立即想办法摩擦清除。所以你在大海里看到一只野生的健康鲍鱼,壳面上总是光洁整齐。倘若有哪只鲍鱼壳面上长满了癞癞疤疤的马牙子（一种状似马牙齿的寄生贝类），那肯定是这只鲍鱼生病了,失去了清洁的能力;再加上病体会散发腐臭味,更吸引寄生物的疯狂。人类用网箱养殖鲍鱼,就像养鸡场狭小的鸡笼子,鲍鱼无法自由活动,不断撒下来喂养鲍鱼的有机物,同时也落在鲍鱼的壳面上,就更令寄生的马牙子苗壮成长。可悲的是食客们看到癞癞疤疤的鲍鱼壳上,有些"峥嵘岁月"的感觉,认定这更是野生的鲍鱼,多么可笑并可怕的误解啊。

科学在不断地进步,有人说,鲍鱼养殖的方法越来越高级和绝妙了,完全超过大自然的能力。我趁作家协会组织的采风团到海岛采风时,全身披挂,戴上水镜,穿上鸭蹼,以当年"海碰子"的姿势,一个猛子扎进海里。我当真感到我回到童话中的童年里,抬头看,天蓝得令你心动,低头瞧,海清得令你心慌,憨厚的黑鱼还是朝我瞪着莫名其妙的大眼睛,金色的黄鱼还是匍匐在礁石上觅食,粉红色的海蜇（水母）舞姿翩翩地游过来,有节奏地伸缩着大蘑菇脑袋,真是绝妙之美！看来,在远离人类的地方,大自然还是能保持着"童话的存在"。但我潜进更深的海底时,不禁大吃一惊,前面竟然是一大片白花花的花岗岩,一方挨一方的巨石,像宽阔的草原般铺开。细细一看,原来是岛上的渔人给鲍鱼和海参修建的"住宅小区",然后将人工育出的千百万"鲍鱼苗"和"海参苗"送到这里安家落户,鲍鱼在这里生活,比网箱和网笼里自由一百倍。如今是快要收获的季节,在深深的水下,布满了七彩光色的鲍鱼和梅花刺儿的海参。

120

经过更进一步的了解，我才知道，这些在人类掌控下的鲍鱼到了冬季休眠之时却依然清醒并茁壮成长。原来人类给它们来了个大搬家，搬到南方的海里。因为冬季南方海水恰好是北方海水夏季的温度。也就是说，寒冷的季节里，人们将鲍鱼千里迢迢地送到南方温暖的海域里；等到北方变暖时再千里迢迢地拉它们回家，这样鲍鱼就会永远在北纬 39° 上下的水温中生活，这就是著名而巧妙的"北鲍南养"。所以本该四年才长成的鲍鱼，两年就可以收获了。

那天我望着波涛起伏的海面，还有蓝天上那一轮金红色的太阳，想到人类确有许多可恨可怕而又可爱的智慧，可是，在如此浩瀚的大自然面前，这到底是大智慧还是小聪明？它所带来的，到底会是一个什么样的结果呢？只能用人类常用的一句老话：拭目以待吧。

美丽的坏蛋更坏蛋

美丽的坏蛋比丑陋的坏蛋更坏蛋，而且更令人毛骨悚然，这在人类和动物中都有生动而可怕的故事。北方的海尽管没有南方热带海洋的五彩斑斓，然而在清冷并清澈的海底却撒满了五颜六色的海星，有橘红金黄钛青宝石蓝和珍珠白，有长腿短腿五角多角尖角圆角，全都闪烁着晶莹的光色，比秋夜里的星空美多了。特别是夏日晴空阳光热烈，海底白花花的牡蛎上点缀几枚橘红或宝石蓝的海星，你会惊叹大自然的艺术造诣。然而，你可能不会想到，这些海星却是用心险恶的家伙，一面闪烁着迷人的光彩，一面残酷地侵害老实的贝类，号称美丽的杀手。

犹如一朵鲜花那样绽放的海星竟然是凶狠的动物，而且还是贪婪的食肉动物，真是令人不可思议。但你看到科学家的研究报告,就会大吃一惊,海星全身布满了"现代化武器",甚至现代化到"纳米"的级别,只有在显微镜下,你才能看到它身体表面簇拥着成千上万的聚光性质小晶体,而每一个晶体都能发挥眼睛的功能,也就是成千上万个眼睛;四面八方的环境可以同时"视察和掌控",用科学家的话说海星浑身都是"监视器"。另外,海星还有成千上万条比牙签还细的管状腿,具有强力的吸附功能,在海星大脑司令部的统一指挥下,这成千上万条腿有节奏地迈动,可以爬过所有的坎坷,即使在光滑直立的礁石壁上,也照样稳步前行。更可怕的是海星能分泌高能量的消化酶,不亚于人类化工厂生产出来的硝酸,坚硬的贝壳在这种高能量的消化酶作用下,很快就被腐蚀溶解,束手就擒。正因为有这些"现代化的化学武器",海星稳扎稳打,所向无敌。在波涛轰鸣的大海下面,它们成群队地排列,悄无声息地匍匐,全然一支偷袭的军团,有目标有计划地向牡蛎、蛤蜊及所有贝类的藏身处前进和包抄,然后来个密集型进攻。每一个海星都死死地抱住一个牡蛎或蛤蜊,先施放"硝酸"在贝壳上溶解一个洞,然后将贝类的肉体吸食得干干净净。被海星侵袭之后,山岭一般巨大的礁石上,一大片一大片的贝类群体,全部被杀光吃光,洗劫一空。如果此时你潜到这里,完全像来到寂寞的月球表面,更像走进远古动物的化石墓地。为此,海星所到之处,会骤然引起一片恐慌,扇贝摆动两叶贝壳急急逃走;海胆张开所有的针刺顽强抵抗;海参吓得在沙滩上打着滚儿逃离;一些海螺由于过度惊恐,竟迸发出旋转壳体的奇能,妄图从海星阴险地拥抱中逃命。有时连螃蟹也成了海星的俘虏，被海星吸食殆尽之后，只剩下精制标本一样的螃蟹骨骼。

据科学家调查，海洋中现存的海星大约近两千种，我们中国已知的就有一百多种，从海边浅水区的潮间带直到水深6000米的地方均匀分布。海上的渔人对它并不陌生，但对它的生存状态却了解甚少。所以，当看到这么美丽的东西会是残酷的杀手，渔人们气疯了，他们把捕捉到的海星用渔刀渔叉奋力地砍杀，然后将这砍杀的海星碎块抛进大海里。人们以为自己胜利了，实际上他们犯了个大错误。海星还具有一种更特殊的能力，就是每一个碎片都能再生一个海星。这种强力的打击和消灭，却使这些可恨的家伙数量暴增，人们万万想不到，世界上竟会有越消灭越兴旺的动物。更令人不可思议的是，海星除了在卵化状态，会被一些鱼类捕食。可一旦长成海星，几乎就没有天敌。问题是吃海星卵子的鱼类，大部分已经被人类捕捞光了，所以"山中无老虎，猴子称大王"，海星就放心大胆地娶亲生崽，肆无忌惮地发展壮大。

仅从一些报道中，可以看到海星给人类造成多么可怕的灾难。近些年来，山东半岛和辽东半岛的海域，因海星灾害导致鲍鱼、扇贝和蛤蜊的养殖损失达数亿万元；山东胶州湾一家养殖公司16万亩滩涂的蛤蜊，遭到海星的大举进攻，百分之八十的蛤蜊被吞噬；辽宁庄河市黄海沿岸成千上万吨的鲍鱼、海参、蛤蜊被海星吃光。据调查，一个海星每天能吃掉十几只扇贝，这就等于一个人每天能吃掉自己体重十倍的饭菜。如此可怕的食量，再加上养殖的贝类都是装在网箱和笼子里,无法自由逃走,这简直就等于给海星准备的饭店和餐厅。这些贪吃的家伙们兴奋若狂,完全像虎狼挤到羊群中间,左右开弓地大吃特吃。所以沿海的一些养殖区里的贝类,在一段时间里全部被海星吃光,几乎造成养殖业的灭顶之灾。

惊慌失措的人类大梦初醒,他们这才领教了这些美丽杀手的厉害。沿海各地的海产养殖业如临大敌,开始加强监测和调查,建立海星等敌害生物预警预报机制。一些潜水员犹如侦察员,在海底匍匐前行,探察敌情。然而用不着什么探察,只要看上一眼就立即大惊失色,人们目瞪口呆地发现,中国北方沿海地区的海底,竟然像鹅卵石般地铺满海星,有些地方,仅一平方米的地方,就有三百多个海星,而过去,每平方米仅有一个海星。浩瀚的大海下面,到处排列着海星集团军群,密度如此之高,举世罕见。很快,人们又发现,海星的主力大军正集中兵力,向山东半岛的东部和南部挺进,意在扫荡和占领更温暖的海区。这种"海底蝗虫"般的灾难,激起人们的愤怒,掌握科学武器的人类与海星展开了你死我活的保卫战。据统计,"战斗"的高峰期,在不到一亩的海域内,就能捕捉到一百多公斤的海星;一条60马力的小渔船在山东胶州湾养殖区,一天可捕获海星近一吨。

可恨和可气的是,海星这个贪婪的肉食动物却光吃不长肉,也就是说对人类毫无食用价值。据说海星还有些药用价值,但每一万个海量拿出一个海星,就够人类用几辈子了。总之,海星基本上是无用之物,为此渔人们就忽略它的存在。我们这个世界有个可怕的现象,凡是有用的东西就会遭到狂捕滥杀,凡是无用的东西就会自由自在地生长。那么造物主为什么要造出海星这么个"无用"的物种呢?其实大自然有着严格而奇妙的秩序,海星的存在不但"有用",而且是生态平衡中不可或缺的功臣,是海洋食物链中不可缺少的一个环节。它的捕食起着保持海洋生物群平衡的作用。倘若人类真能彻底消灭海星,那么会有更可怕的灾难出现。没有海星的"调解"作用,海洋里的贝类会长得铺天盖地,我们将看到一个被贝类排泄物污染得更加污浊不堪的海洋。

聪明绝顶的人类啊,你该怎么办?

翻车鱼的幽默

　　倘若你在大海的波涛中看到一条这样的鱼,体型椭圆而扁平,又粗又壮却又短秃,完全像没长尾巴的猪,就像人们嘲弄身材过于矮胖者:站着坐着一般高。你一定会大吃一惊却又哈哈大笑,这也是鱼吗? 然而,这确实是鱼,而且鱼的名字更让你觉得可笑:"翻车鱼"。如此奇特和奇异的名字,应该是来自民间俚语俗称,甚至还像恶作剧式的搞笑:谁敢吃这样的鱼,吃了就能发生翻车事故哪!

　　但从海洋资料上看,翻车鱼竟然是正经八百的学名,来自拉丁文的译称,是著名的瑞典自然学家林纳所命名。看起来科学家也会幽默,而且是黑色幽默,将可怜的鱼起了个可笑的名字。

　　别看翻车鱼身体短秃,但体重却有数吨之重,然而这体魄庞大之鱼,却不得不令你再度哈哈大笑。因为在这庞大的身躯上却长着

个难以置信的小脑袋，而难以置信的小脑袋上还有个更难以置信的樱桃小嘴。用这样的樱桃小嘴来进食，会吃成大象般的粗壮和肥胖，比难以置信还难以置信。可是当你目睹翻车鱼游动时的模样，简直就是在欣赏一种绝妙的表演，似乎一条鱼突然被砍了一刀，只剩下半个身子在逃跑。于是有人说这是上帝的杰作，才造就出这样一种哭笑不得的动物。为此，全世界的渔人都在给翻车鱼起绰号，西班牙人称翻车鱼是石磨，因为这鱼躺在水面时，好像是一个石磨；法国人称它月光鱼，因为翻车鱼喜欢侧身躺在海面之上，在夜间发出微微光芒；美国人称太阳鱼，因为翻车鱼白天浮在海面上，皮肤反射明亮的阳光；德国人给它一个更奇怪的名称"游泳的脑袋"。因为翻车鱼在德国人的眼中是模样可爱的卡通人头；一贯刻板而严谨的日本人却不然，竟给翻车鱼一个浪漫的名字"曼波鱼"。大概日本人觉得翻车鱼在海中游泳时，好像在跳曼波舞一样有趣。由于翻车鱼大多在我国台湾附近的海面活动，所以台湾渔人对翻车鱼的名字特别认真，怎么会用"翻车"这不吉利的词儿来命名一条鱼呢！大家不但忿忿然为翻车鱼喊冤叫屈，而且还决定为翻车鱼伸张正义。为此动用新闻媒体，广为宣传，郑重其事地举办一场"为翻车鱼更名、征名活动"大会，由民众投票来选出新的名称。经过激烈而热烈地讨论，最后一致认为日本渔人命名的"曼波鱼"是最好听的名字，大会高票当选并郑重宣布翻车鱼从此更名曼波鱼。但无论怎样，至今叫得最响的还是翻车鱼。

翻车鱼大概自己也觉得形象不太雅观,所以就非常谦恭,性情温顺,决不惹是生非。特别是与人类的船只相遇,它表现得更为乖巧,老老实实地浮在水面上,用平静却稍有些羞涩的目光,看着渔人朝它们挥手。这种挥手的动作无论是友好还是恫吓,都不会使翻车鱼惊慌失措,继续悠然自得地漂浮在水面上。有些海洋科学家们为了研究翻车鱼,要亲自下海贴近翻车鱼,为此他们做好了各种准备:怎样小心翼翼,才不会惊动翻车鱼;怎样亲切温柔,才不会吓跑翻车鱼。否则被这巨大的家伙撞一下,哪怕随意地蹭一下,那也能要了命。但令科学家们意想不到的是,当他们潜入水下,竟然发现十多条翻车鱼在列队欢迎他们。有个大胆的科学家游上前一、二、三、四地细数,一直数到最后一条,第十六条。而这十六条翻车鱼却还是老老实实地列着整齐的队形,似乎等着科学家来为它们进行检阅。

研究者们乐疯了,干脆就得寸进尺,大胆地靠近这些老实得像木桩的翻车鱼,有的几乎就将潜水镜贴到翻车鱼的樱桃小嘴上,翻车鱼还是士兵立正那样纹丝不动。这就使研究人员很清楚地看到翻车鱼身上的颜色和图案,原来看似一色的翻车鱼,其实各不相同。有黑灰色、焦油色,有的还带有斑点,但腹部全都为白色。研究者们还发现,在翻车鱼周边游动着一种很小的"半月鱼",它们是翻车鱼不请自来的清洁工,这些"清洁工"很勤奋,频繁地上前去啄食翻车鱼身上的寄生虫。翻车鱼身上的寄生虫相当多,多达五十多种,多到连寄生虫身上还有寄生虫。翻车鱼为什么总愿意漂浮在水面上,研究者们终于从大惑不解,到大彻大悟,原来这么老实的家伙相当聪明,它们总是漂浮在水面上,其实是利用太阳的光照,来杀死寄生虫。这就好像人类晒棉被一样。

然而在这个世界上,老实者受欺负。翻车鱼实在是太老实太憨厚,再加上游泳速度缓慢,仅仅依赖两片特长的背鳍和臀鳍的摆动来控制方向,令人感到翻车鱼不是在游动,而是在随波漂流。因而翻车鱼经常受到虎鲸、海狮等动物们的袭击。入夏时节,翻车鱼随着充足的食物和温暖的洋流悠闲地漂浮时,首当其冲的就是遭遇海狮的袭击。最初海狮也并不敢对翻车鱼下手,它们怀疑这样庞大的家伙不是老实,而是太强大所以就动作沉稳。所以,海狮们开始时只是左冲右突,声东击西,相当谨慎地试着靠近。因为它们想,这个大家伙只要稍一反抗,就能令它们腿断胳膊折。但海狮们白忙了一通,翻车鱼还是岿然不动,甚至打起瞌睡了。于是海狮们耐不住性子,干脆就直接上前咬吧。可万万没有想到,它们牙齿咬在翻车鱼的皮肤上,就像在咬干硬的木板,而这"木板"足有两三寸厚,犹如人类坦克的盔甲,无论海狮多么凶狠、凶猛地撕咬,也无法咬透。饥饿的海狮气坏了,便更加凶残狠命地撕咬翻车鱼的背鳍和胸鳍,但翻车鱼所有部位都依然木板般厚实和干硬,任海狮疯狂也无可奈何。更令海狮们火气暴增的是翻车鱼始终不动声色,还是悠闲地漂浮在那里,简直就在逗弄海狮们发火。当然,翻车鱼并不是逗弄海狮,而是它实在无迅速逃跑的能力,只能是漂在那里任人摆布而已。最终海狮们虽然毫无所获，但还是将翻车鱼撕咬得千疮百孔，伤痕累累。有些翻车鱼为此而感染，痛苦地漂浮多日后停止呼吸。

人类比海狮聪明一百倍，多么狡猾的动物都不是人们的对手，如此老实的翻车鱼，更不在话下了。因为人类会研究，会分析，很快就发现翻车鱼经济价值较高，除了做科学研究和观赏外，它还是名贵的食用鱼类。它的肉色雪白，肉质鲜美，营养丰富，蛋白质含量比著名的鲳鱼和带鱼还高。翻车鱼的肠子也很昂贵，台湾有道名菜"妙龙汤"就是以此作为主料，食之既脆又香令人胃口大开，据说在台湾的餐馆里，翻车鱼价钱高出名贵龙虾一倍。此外，肥厚的鱼皮亦大有用途，可熬制明胶，脂肪炼出的油可做精密仪器和机械设备的润滑剂；鱼肝可制鱼肝油和食用氢化油等。总之，捕杀翻车鱼太能赚钱了。翻车鱼倒霉了，无论游到哪里，都会大难临头。

于是，翻车鱼也在总结经验，不能再这样老实，尽管"害人之心不可有"，但"防人之心不可无"呀，关键时还是要多长点心眼儿。从此，老实巴交的翻车鱼眼神就变得古怪起来，老是鬼鬼祟祟地闪烁，只要看到远处有人类和海狮活动的身影时，就慌忙下潜到深水中躲藏。

然而，聪明的人类进而发现，老实的翻车鱼还有更老实的时候，甚至老实得像傻瓜一样的程度，这就是翻车鱼的恋爱季节。恋爱时的男女翻车鱼绝对地忘乎所以，一对对相亲相爱犹如鸳鸯在海面上游动，这时管你是海狮、海豹还是人类，它们全都视而不见，只是一心一意地谈情说爱。人类看到这些爱情的傻瓜们，不由得心花怒放，于是就大开杀戒。我熟悉的一个台湾作家朋友，曾经是射猎翻车鱼的猎手，他告诉我，捕杀翻车鱼的渔船尖端处，专门安装一个突出的"射击台"，打鱼人手持锐利的渔叉，站在船前目光炯炯地盯着海面。但由于"射击台"的位置太突出，所以也很危险，往往会遭到风浪劈头盖脸，甚至没顶般地轰击，如果不拼尽全力地抓牢栏杆，就会被风浪打落到海里。然而，收获却是丰硕的。因为前面说过，翻车鱼的笨拙与老实，特别是沉浸在爱情中的翻车鱼，男鱼女鱼相依相偎，目标就更大，甚至不用怎么瞄准，就能射中其中一条。渔人手中锋利的渔叉抛出去，"噗"一声就扎进翻车鱼皮肉里。中了渔叉的翻车鱼由于恐惧和疼痛而飞快地潜进水下，但潜到一定的深度，就潜不下去了，因为带钩的渔叉后面有根绳索紧紧拽住。这时渔船上的人开始奋力往上拖拽拴着绳索的渔叉，将翻车鱼拽到水面上。露出水面的翻车鱼看到船和渔人，便再度拼足气力向水下逃去。渔人怕翻车鱼拽断渔叉，就顺势松开绳索放它一马，让翻车鱼再次往水下逃一阵，然后再往上拽。这样反复几次，翻车鱼终于筋疲力尽，束手就擒了。但问题是相爱的翻车鱼不仅表面像鸳鸯一样，而实际上却是比鸳鸯更是爱得海枯石烂。亲爱的伴侣被渔叉射中了，真是痛苦万分又惊恐万分。没被射中的翻车鱼便紧紧地贴着被射中的伴侣，决不让伴侣离开一步。这样，受伤的翻车鱼被打鱼人一拽一松，上下翻腾。而相爱的伴侣也就寸步不离地跟着上上下下地翻腾。打鱼人看到渔叉只打在一条鱼身上，却有两条鱼上上下下，觉得另一条鱼真是个傻瓜。其实这时人类要能听懂鱼的语言，那绝对是最生动最伤心最感人的爱的话语，是相爱的伴侣生离死别时最悲痛的倾诉。人类听不懂，人类怎么会听得懂呢！所以，当中了渔叉的翻车鱼最终被拽到渔船跟前时，相爱的伴侣还是紧紧跟随。并朝渔人眨着哀求的目光。渔人的头脑中只有捕捉和收获的思维，当看到那条紧紧追随的翻车鱼伴侣，心下不仅暗笑，到底是动物，否则不会那样傻。

这个台湾作家曾忧伤而生动地讲述捕杀翻车鱼的经历，他说海中的鱼一般都是固定式的"眼睛"，不会像人那样眨眼睛。而翻车鱼却是能眨眼睛的(据学者研究，翻车鱼有保护眼睛的肌肉，因此能像人类的眼睑般能闭能合，达到保护眼睛作用)，这就更让人感到怜悯。但渔人正为捕捉的胜利而兴奋若狂，怎么能理会另一条鱼的眼神，甚至看到恋恋不舍不肯离去的另一只翻车鱼，还正要操起渔叉，趁机来个一箭双雕呢。

也许经常受到人类和海兽的捕杀，翻车鱼对爱情更加珍视，想到家族的生命被如此摧残，可能会断子绝孙，因此它们不但拼了命地相爱，更是拼了命地传播下一代。在茫茫的大海里，鱼类大都是产卵的高手，然而无论怎样的产卵高手，最多也只能一次产几百万粒卵。而翻车鱼却能一次就产下 3 亿粒卵，是鱼类产卵的冠军。并且，翻车鱼也是迅速生长冠军，刚生出的幼鱼比人类小拇指的四分之一还要细，才 0.25 厘米。但却能魔术般地飞长，长到成鱼时体型增加一千多倍,而体重增加了 60 万倍! 不过,父母老实,孩子也老实,翻车鱼产的卵都是老老实实地漂浮在水层中,幼鱼也老老实实地缓慢游动,当然就很容易被别的鱼类吞食,所以尽管产卵很多,但能真正活下来的数量却极少;即使是活下来,因为是婴儿,还没长出厚实的硬皮保护,完全像些漂浮在水面上的肉团,所有的天敌都会来轻松吞食。

正因为如此,近年来人们在海洋里越来越难看到翻车鱼的影子了。

牙鲆鱼的狡黠

　　海里所有的鱼只要鲜活，都可以生吃，那是最原版的鲜美营养，所以打鱼人最愿吃的是生鱼。但最正宗最讲究的也最好吃的是牙鲆鱼（"比目鱼"中的一种）。渔人称它是牙偏鱼，因为此鱼嘴歪牙齿斜。牙鲆鱼形状似一张硕大的烟叶，背面青灰肚皮雪白，中间整整齐齐一排骨刺，用快刀剥开，便上下揭起两张肥厚的肉片，甚好摆弄。那肉片鲜亮而富有弹性，再切成小薄片，放在醋酱蒜泥辣芥香油等佐料里一杀，鲜香味倏然爆出。

　　牙鲆鱼大概知道渔人愿意吃它，所以动作格外谨慎并沉稳，否则凶多吉少。在偌大的海洋鱼族世界，牙鲆鱼最不显山露水。它那扁平的身子每时每刻都紧贴着水下底层沙土，无论身体和颜色都几乎和沙土融为一体。面对狂风恶浪的冲击，虾兵蟹将的横行，牙鲆鱼更是保持着巧妙的伪装和一丝不苟的沉默。它对身下的大地百分之百地放心，为此它的一对眼睛全长在脑袋的顶部，并永远注视着上面的世界。这种仰视绝无想入非非的攀上意识，也不流露一丝一毫的媚态。如果你仔细看去，会发现那两只紧紧挤在一起的小眼睛那样可怜，那样紧张，那样惊恐万分。上面的世界相当迷人而诱人，湛蓝透明的水域形成一个巨大的有着扩张力的透镜，天空显得更加远阔，白云的形状更加奇特；特别是当太阳从东方升起，阳光从微黄到浅红到金光灿烂，使水层里五彩缤纷，不断变幻着赤橙黄绿青蓝紫。这一切，牙鲆鱼全都看得清清楚楚。然而它不动心，不激动，也决不腾涌什么理想和幻想。上面的世界无论多么绚丽，多么丰富多彩，也无法平复它心中的恐惧，也无法解除它头脑中的警惕。牙鲆鱼的眼睛频繁地交叉扫视，即使在太平得不能再太平的气氛下，它还是随时准备迅速逃跑。

一束光线的晃动，一个黑影的闪现，一个声音的传导，都能使牙鲆鱼万分惊慌。它逃跑的速度疾如闪电，甚至比闪电还快；明明是在礁石的这一头，刷——就在礁石的那一头；一样的姿势一样的形象，完全像礁石这一头的牙鲆鱼消失的同时，礁石那一头又生出一条牙鲆鱼来。你无论怎样瞪大眼睛也看不见其间的逃跑身影，这往往使渔人惊叹不止。

紧贴沙土的牙鲆鱼几乎就是沙土，会骗过百分之九十九的眼睛。当感觉到敌害即将逼近时，牙鲆鱼只要轻轻扇动周身的鳍翅，涌起的细沙就会天衣无缝地遮盖住它。这种保护已经很绝妙了，但牙鲆鱼还是胆战心惊，不敢有一丝疏忽大意，尽全力往泥沙里钻。凶恶的大鱼从它上方游过去，武士蟹耀武扬威地从它身旁走过，危险已过去多时，牙鲆鱼还是一动不动。直到四周绝对天下太平，它才缓缓地贴着沙滩移动。为了安全地活下去，牙鲆鱼心甘情愿地与污泥浊水融在一起，把自己弄得和污泥浊水一样肮脏。在舞台般五光十色的水域里，各种鱼类都在显示自己健壮而美丽的身姿，就连丑陋不堪的鬼鲷也洋洋自得地舞弄腰身。然而牙鲆鱼却永远隐姓埋名，避身于黑暗之中。

其实，时时处于惊弓之鸟的牙鲆鱼，那是个体的，而且是在处于孤立无援的状态下。但牙鲆鱼只要集结成群，行为就一反常态，似乎全都喝了半斤二锅头，一个个勇猛无比，胆大包天，在海底激流中，争先恐后地向前飞驰，看起来团结确实就是力量。无数条胆小怕事的牙鲆鱼排成浩浩荡荡的大队，大家挤挤挨挨地摩挲着，依靠着，血脉活泛，体温增高，于是生出厚重的力量。这力量的洪流是朝着既定的目标前进，这个目标就是江河入海口处。在那里，滔滔的江河流进大海，也就是陆地甜水涌进苦咸的海水，带来各种甜美的虫子和食物。海里的鱼类大都愿意到这儿来换换口味。可是江河入海口水流湍急，滚滚的激流一旦撞击大海，便扬起弥漫的尘沙，发出惊天动地的轰鸣。一般雄壮的鱼见此险恶，也只好长叹一声，咽口唾沫退下阵来。然而牙鲆鱼却勇往直前。它们在江河与大海的交汇处只是稍微整理一下队形，然后一声号令，全体便冲向雷鸣滚滚,腾烟喷雾的江河入海口。

实话实说,在冲锋的一刹那,所有的牙鲆鱼都在提心吊胆,但同时又都勇气十足,因为它们看到身旁的同伴都在冲锋,心想,有它们呢,怕什么!每条牙鲆鱼都这样安慰自己,众多的胆怯却又在产生着众多的胆量,使牙鲆鱼的队伍越发奋勇向前。当它们朝轰轰作响的激流发起攻击时,成千上万条牙鲆鱼此时必须使出浑身解数,因此就要腾跃扭动并拼命扇动周身翅叶,这样你就会看到它的黑脊背和白肚皮在浑浊腾涌的泥沙中交替闪烁,犹如乌云翻滚中无数道闪电,好一幅壮观的景色。由于翻滚的激流总是旋转,牙鲆鱼的歪嘴斜牙显示出优势来,顺着水流的弧度捕捉食物,简直就是百发百中。

吃饱喝足之后,牙鲆鱼战斗精神很快减弱,队伍也就渐渐消散。个体的牙鲆鱼又恢复原状,四下逃窜,惶然不安;一只只自惭形秽似的钻进污泥里藏头匿尾,隐于黑暗的深处。

但个体的牙鲆鱼也有相当勇敢的时候,而且比集体觅食时更勇猛数倍,那就是到了爱情季节。这时你不仅可以看到牙鲆鱼的胆量,还可以看到它的亮丽。其实,牙鲆鱼有着相当优美的形象,它的鳍翅沿着弧形鱼身排列,剪刀修过一样的整齐;既能像手风琴那样合拢,又能似折扇那样打开。问题是可怜的牙鲆鱼压根意识不到自己的风采,总是把自己周身花朵般俊美的鳍翅紧紧合拢,以减少逃跑的阻力。只是到了谈情说爱的时刻,它才一下抖擞起来,大大地张扬开周身的花鳍,跃出污泥浊水,恣肆狂舞,扇波击浪,拍打水花，判若两鱼。在爱的激励之下，它们竟然舍生忘死，奋力追逐它的所爱。平日里绝不敢问津的礁山石岭，这时也一跃而起，凌空飞升，真正亮出牙鲆鱼的光彩。所有的鱼都被这罕见的光彩镇住了，因为它们第一次清晰地发现牙鲆鱼有一张雪白的肚皮，这雪白的肚皮在礁山上空翱翔，犹如一叶银帆飘摇。鱼族们谁也不相信这就是与泥沙为伍的牙鲆鱼，它们宁肯认定这是一个新的鱼种。

问题是爱情一过，牙鲆鱼立即跌进泥沙里，把雪白的肚皮深深藏进黑淤之中，不敢露出一点光亮，以免招引敌害。即使有一万条牙鲆鱼生活在海湾里，你也会觉得海湾是空空荡荡的，简直就是静寂无声死水一团。

除了觅食和爱情，任何事物也唤不起牙鲆鱼的胆量和力量。难道可怜的牙鲆鱼就甘于沉沦在黑糊糊的淤泥之中吗？如果你长时间地认真观察，就会惊讶地发现，它们竟然也有热切地向往，当夜幕垂下海面，月亮在黑蓝的天穹上柔和地划动时，牙鲆鱼便开始悄悄地，轻轻地，几乎是无声无息地升腾而起，从乌黑的水底升到洒满星光和月光的海面。它们两只恐惧的小眼睛终于解除绷紧了一天的警惕，渐渐装满了星光和月光。于是黑茫茫的海面上开始亮起一对对小星星，这些小星星和天上的星星一样亮晶晶地闪烁，却比天上的星星还要生动活泼。因为牙鲆鱼竟然兴奋地相互之间嬉戏起来，于是一对对小星星更加活跃地闪耀。

也许在黑洞洞的淤泥里老老实实呆惯了，这种嬉戏还是有节

140

制的,如果有谁忘乎所以地翻动一下肚皮,闪现一道白光,便会引起群体的惊慌和愤怒。那条引起众怒的鱼立即形销迹隐,但无论怎样,大家的情绪还是遭到破坏,嬉戏的节奏减缓了许多,最终一切又复归寂静。然而,沉默中的牙鲆鱼并不情愿离开美丽夜色,有些年轻的牙鲆鱼甚至还在想象着夜色之后的白昼,那会是另一种美的辉煌和灿烂。然而它们没有欣赏更美的勇气,只要群体中有谁传来一声——太阳要出来了!所有的牙鲆鱼便倏然下潜,纷纷沉入黑暗的海底。

打鱼人摸到牙鲆鱼的习性,在明月当空时,他们将渔网提到水面捕捉;在阳光四射时,他们将渔网坠入海底追捉。当然,最佳的捕捉时间是在牙鲆鱼谈情说爱的季节。其实这时所有的海洋动物全都像中了邪,牙鲆鱼当然更是精神不正常,它们傻瓜一样冲出藏匿的泥沙,偏斜的牙齿咯咯吱吱地咬合着,为了争夺异性,同性之间立即仇恨万分,拼死打斗。水下世界就乱了营,到处都是呼啸飞奔的牙鲆鱼。打鱼人看准时机,用不着计算什么,干脆就胡乱撒网,大开杀戒。于是,可怜牙鲆鱼的全部伪装、地狱般生存的忍耐,此时前功尽弃,毁于一旦。

牙鲆鱼本来味道会更纯更鲜美,但由于沉匿泥沙之中太久,未免有染。常听渔人操筷牙鲆鱼时,叫道——多放醋,杀杀它的泥腥味儿!

晶莹剔透的牙鲆鱼肉便在强酸中泛出一层模糊的白色。

乌 贼 之 贼

如果你到沿海城市旅游，会在商店和沙滩边上的小店里看到五彩缤纷的贝壳。一枚枚形状奇特，斑斓耀眼。其中虎斑贝、白玉贝、夜光贝、五爪螺、猪母螺、珍珠贝、贞洁螺、唐冠螺、七角贝、猪耳壳，以及可做烟灰缸的马蹄螺、渔民用作号角的大角螺等等，都是惹人喜爱的天然工艺品。用这些光滑油亮的海贝壳雕琢、镶嵌制成的各种画屏、器具、摆设等，具有色泽鲜丽自然，格调名贵雅致的特色。珍珠贝的外形呈卵圆形或圆盘形，有轮脊，靠近边缘的轮脊上有鳞片。铰合部较长，两端都有小齿，两壳的中央面一般呈现浅褐色或者灰色，有浓密的红褐色放射纹；内面有珠母光泽，煞是好看。

也许你会这样想，这些海洋贝壳和螺壳如此美丽，是上帝为人类安排的。其实不然，生活在海洋中的贝类因行动缓慢，因捕食的需要,因防卫力量薄弱,因终生囚困在礁石上,所以它们时时刻刻都面临被捕杀的危险。怎么办呢？只能是靠化妆来掩护自己的踪迹。如果你是个海洋生物学家,你就会发现,其实贝类身上所有的花纹和色彩都是伪装的需要,绝不是为美丽而生。灰色和白色的花岗岩礁石上,贝类一般花纹是浅色的;色彩斑斓的珊瑚礁上,贝壳螺壳的花纹也同样色彩缤纷。鹅卵石中的贝类不但颜色与鹅卵石相似,连形状也圆圆乎乎地混同鹅卵石一样。一些螃蟹简直就长着人类般的头脑,它们会选择各种海藻的叶片或各种小石块,往自己的甲壳上粘,把自己装扮得像长着海草的小礁石,跑起来相当滑稽,让你以为是长着海草的石块在飞跑。在一些鹿角状海藻中,一些动物完全像复制出来的鹿角海藻。只有当它动起来,你才惊讶地看到这不是植物而是动物。

北方海里的鱼因寒冷而大都是披着灰色、黑色和银色的鳞装,没有南方热带鱼五彩缤纷的色彩。但辽东半岛的海里有一种漂亮得几乎令你惊愕和惊喜的小鱼,在蓝色和灰色的北方水层中,闪着鲜红和金黄色泽,相当耀眼,完全像你家鱼缸里的观赏鱼游进大海里。但你可别被它的漂亮外衣所欺骗,这正是它吸引食物的狡猾伎俩。倘若人要是接近它,它就会狠狠地蛰你一下,那种难以忍受的疼痛会使你喊叫着跑到沙滩上打滚。

但海洋世界里被称作最高级化妆师和魔术师的就是乌贼,仅仅就从乌贼的"贼"字上看,就说明这种鱼有着狡猾和狡诈的习性。

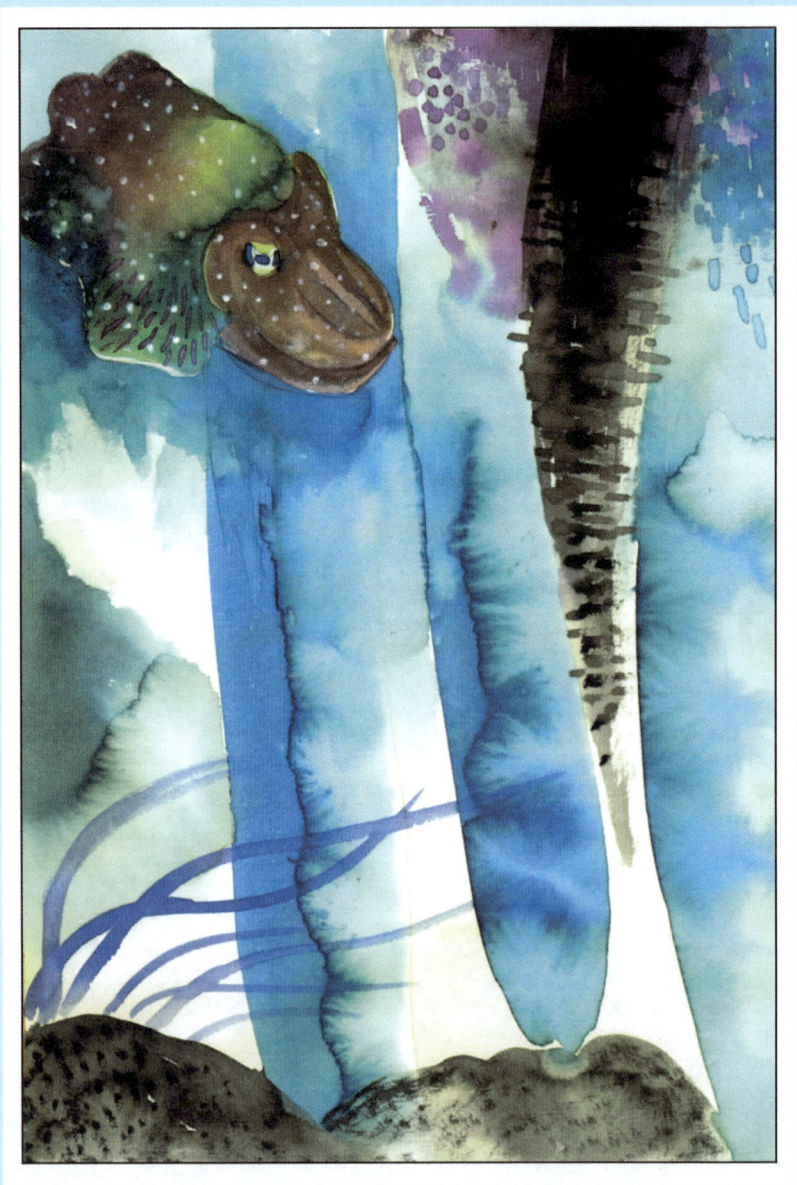

很多人将乌贼与章鱼弄混了，以为它们是一种动物，当然，乌贼与章鱼有许多相近的习性，但乌贼长着十条腿，而章鱼只有八条腿。有研究说，所谓乌贼鱼其实它不是鱼，而是一种贝类，只不过它的贝壳已经退化，变成了白色的内骨骼。当人们吃煮熟了的乌贼时，会发现它的腹中有一块泡沫塑料状的骨板，而这骨板大概就是它退化的壳。渔人往往将乌贼骨板搜集起来，因为这玩意儿有止血功能，干活时若不小心手脚皮肤被礁石和牡蛎壳割破流血，用乌贼骨板搓成的粉末撒上去，立即就能止住，比医院里的止血药还灵验。

乌贼有很多种类，种类之间无论形象和体重都天差地别。小乌贼小得像一条小鱼，大乌贼大得能将渔船吸住。所以乌贼的名声让人感到恐怖。据中央电视台科教节目中的相关介绍：一百多年前，一艘德国科考船首次从4000米的水下，打捞上了一种奇异的生物，它的表皮是黑色的，而眼睛却是红色的。这使人们感到，它看起来更像是传说中吸血鬼的形象。其实这种深海生物就是乌贼，而吸血鬼乌贼便也由此得名，很多作家写恐怖小说和影视剧时，都把乌贼当作妖魔的化身。

乌贼的头上有一对发达的眼睛，嘴巴四周长着10条腿。在这个世界上，能将腿直接长到嘴巴上，大概除了奇特的章鱼，只有乌贼这个可怕的家伙了。乌贼的十条腿中有两条特别长，末端有许多能够吸住物体的吸盘。有些乌贼的长脚上还长着爪子，它们既是捕捉食物的工具，也是同"敌人"搏斗的武器。

乌贼是绝妙的化妆师。身上的颜色赤橙黄绿青蓝紫地不断变幻,绝对可以与变色龙的变化一争高下,明明是黑色的乌贼,一会儿却变成了黄色,转眼间又变成了红色,令"敌人"眼花缭乱,捉摸不透,只好停止追击。有人做实验,将乌贼放到黑白相间的马赛克上,乌贼身上顷刻就出现黑方块和白方块的马赛克花纹。这也就是说明,乌贼的艳丽"打扮",不是向你炫耀它的美丽,而是与周围的环境颜色相符,以逼真的伪装效果,或捕捉食物,或保护自己。乌贼的变色本领还有第二个功能,就是利用体色表达感情。乌贼在没有天敌的情况下,体色发生突变,一会儿阴沉灰暗,一会儿孔雀开屏,多半是因为情绪激动兴奋或烦躁不安。到繁殖季节,雌乌贼用五彩缤纷的颜色表达对异性的爱慕。它们常常在自己的躯干上"涂"上一道道斑纹,犹如穿上了漂亮的睡衣,等待着雄乌贼的到来。乌贼不仅会变色,还会变形,因它主要吃鱼、虾和蟹子,因此它能将众多的腿脚并拢在一起,身子最大限度地拉直,让人看去绝对是一条流线型的鱼在游动,这样它就可以混进鱼群里,乘机下手;它还会撒开十条腿做出伸缩前进的动作,俨然是一只水母,依此来麻痹虾和蟹子,然后猛然现出原形向它们进攻。更令渔人吃惊的是,乌贼竟能模仿渔夫钓鱼的角色,其钓鱼的技巧比渔夫还智慧并有效。首先,乌贼将自己躲藏在一个礁石缝隙中,然后伸出一只长腿来钓鱼,长腿最前端的柔软部分像小虫子一样扭动,犹如渔翁钓竿下的鱼饵。一些饥饿的鱼发现了,便张开嘴来吞食。乌贼便顺势将柔软的长腿伸到鱼的喉咙深处,然后用腿前的吸盘吸住鱼的喉咙,很轻松地将鱼拖到自己的嘴里。

在海洋生物中，乌贼最惊人的能力是游泳速度，它要是全速向前飞奔，比最流线型的鱼还要快数倍。有科学家长期观察计算，乌贼最快每小时能游 150 公里，在人类建造的高速公路上飞跑，绝对超过时速 120 公里的规定。乌贼为什么会有这样的高速度呢? 原来它的前进动力与喷气式飞机一样：利用作用反作用的推力。在乌贼的肚皮上有一个漏斗管，吸足了水之后，猛力地喷射出来，就产生了反作用的强大动力。人类的喷气式飞机才诞生一百多年，而乌贼却生存了千千万万年，在这方面看起来，乌贼还是人类的老师。乌贼厉害着哪，它还有杂技演员那样高超的功夫，会像箭一样地冲出海面，在高达三、四层楼的空间滑翔几十米，俨然是一只要飞向天空的鸟儿，素有海上"活火箭"的称号。乌贼还有魔术般的绝招，这就是它的肚子里能分泌浓厚的墨汁，这在动物界是最罕见的。墨汁平时藏在墨囊中，囊内有枪管一样的墨腺，当乌贼遭遇强敌，无论怎样拼死抵抗也无法摆脱危险时，就会使出它的"杀手宝剑"，从墨腺枪管中猛然喷射黑色的墨汁，在水层中造成一片浓烟黑云，将周围海水染黑，使强敌在黑暗中昏头昏脑，什么也看不见，迷失方向，丧失攻击能力。当"乌云"缓缓散去后，乌贼早就跑没影了。这种"放烟幕弹"的能力使乌贼常常化险为夷，转危为安，总能巧妙地逃脱。更高超的是，墨汁喷出后能迅速补充，就像子弹打光了的机枪再重新装子弹一样。在辽东半岛的民间传说故事中，有关乌贼喷黑烟的故事很多。大连市一处著名的旅游景点黑石礁，据说原来是白石礁，就因为乌贼在一场与天敌的大战中，喷射大量墨汁而染黑了，后来就成为著名的景点"黑石礁"。

乌贼如此怪异和机智，但在水下辽阔的蓝色的舞台上，游动起来姿势相当优美，却又相当滑稽，有时像妖怪一样吓人，有时又像小丑一样可爱。为此它真正是如鱼得水般的轻松，却又能五彩缤纷般地表演：一会儿像年轻的小伙子冲刺，一会儿像年迈的老者蹒跚，有时像一条游鱼戏水，有时竟像一束鲜花怒放。所有的鱼类们都被它的魔术般表演弄得昏头转向，不得不叹服这家伙是个绝对的天才。倒霉是乌贼撞上了人类，人类在一切动物面前就是神灵。乌贼的花样再繁多，也会被人类掌控。人类很快就发现乌贼不仅肉可以吃，而且身上的骨头也是宝，前面说过能止血，中医上叫海螵蛸，可以治若干病症。医学书上写道：乌贼骨味咸，性微温，入肝、肾经。功能：收敛止血、固精止带、制酸止痛、收湿敛疮。主治：胃痛吞酸、吐血、衄血、呕血、便血、崩漏带下、血枯经闭、遗精、虚疟泻痢、湿疹湿疮、溃疡……而且还有接骨作用。天哪，仅仅乌贼骨就有这么多的功效和作用，这家伙可真要倒大霉了。

当然，乌贼毕竟比其他的海洋动物更有贼性，不是那么轻而易举就可以到手的。最初，渔人采用各种各样的方法来捕捉它，但收效甚微，乌贼轻松逃脱。所以，人类开始对乌贼相当下功夫地研究，"知己知彼才能百战百胜"，终于人类弄明白乌贼所有的伎俩，于是就以"其人之道反治其身"，对乌贼进行大量的捕捉。例如，当渔

148

人追捕鱼类时，发现水下出现黑色的烟雾，就明白下面有乌贼了，尽可以投放专门对付乌贼的网具围堵。关键是人类明白，乌贼也要谈情说爱，人类绝对是"趁爱打劫"的高手，他们认真地观察着乌贼的恋爱行为，这才看到乌贼竟然不知天高地厚，也要学着人类那样寻找爱情的洞房。男女乌贼山盟海誓地做爱之后，女乌贼要进洞房里"坐月子"，养育和保护下一代的小乌贼。为此，众多的乌贼为了寻找礁石洞孔，特别是空螺壳来当房子。但天然的礁洞少之又少，空螺壳也很难寻找。所以在爱情的季节里，乌贼们不但为争夺配偶殴斗，更为争夺"洞房"而大打出手。在这关键时刻，人类伸出了"救援"之手，无数个用金属或水泥做成的人造螺壳，一排排布满海底，每间"房子"都宽敞而舒适，完全像为乌贼建设的住宅小区。乌贼们欢喜若狂，不用争打抢斗，不用费半点气力，就能拥有这样好的住宅。这不但是天赐良缘，而且是天赐洞房。一对对乌贼纷纷相拥着钻进螺壳洞房，亲亲热热，窃窃私语，做着爱情的甜梦。

人类在水面上掐算时间，等到所有的螺壳都装满爱情时，他们便按动电钮，将拴着螺壳的绳索拉出水面，一串串洞房拖到甲板上。从爱情甜梦中惊醒的新娘们全都傻了眼，冰硬的甲板使它们无法舞动柔软的腿脚，只好一个个护着沉重的肚子，像残疾人那样在甲板上蹒跚爬行，徒劳地寻找重回大海的路途。这种动作肯定滑稽无比，但本能使它们只能是更加惊恐更加滑稽地爬着，当然，最终只能是爬进人类早已准备好的鱼舱里……然后，清空的螺壳再次沉入水面，布满海底。不会过很长时间，里面就又会住满新婚的乌贼。

　　人类不必担心，乌贼虽然有着超常的能力，甚至聪明无比，但永远也不能识别人类的"洞房陷阱"；这一代乌贼钻进去，下一代乌贼还会继续往里钻。不过，人类要是继续这样残酷无情地设陷阱，那就不会有"再再"下一代的乌贼了。

丑陋的慈母

　　深秋季节,辽东半岛的各个海湾里异常寂静,在潮水快要退尽时,便会出现一种奇丑无比的鱼,犹如一个巨型的癞蛤蟆;全身布满了癞癞疤疤的伪装,深深的眼窝里藏匿着阴险的小眼睛,下面是一张奇大无比的嘴巴。但从这张大嘴一张一合之间,你可以看到两排锋利的牙齿。同时不断地挺起灰色的背鳍,闪出数根白亮的毒刺。所以你不仅觉得这鱼奇丑,而且还相当凶狠。正因为这种鱼实在是太丑陋,所以北方渔人称它为疥疤鱼。海洋学者说它属"深海黑鲷"类,也就是说疥疤鱼平时生活在深深的海里,所以渔村里有很多人不认识它,偶尔在水中相遇,往往被它吓一跳。

　　难以置信的是,疥疤鱼却相当老实,老实得就像被注射了麻药。尽管有锋利的牙齿，有白亮的毒刺，却既不咬人也绝不刺人。用海洋学者的话说，越是无能的鱼，越是长着一副凶狠的样子，这其实是一种自我保护。问题是潜伏在深海里的疥疤鱼本来活得安全而安稳，为什么要跑到岸边来冒险呢，似乎令人费解。但说出来倒挺可爱也挺可笑，这家伙是为了谈情说爱，娶妻生子。鱼和人类不一样，它们的爱情与生崽儿同步，一旦找到如意君郎，洞房花烛之时就大生其崽儿。因为深海之中缺少阳光及氧气的含量，爱情的硕果就无法成活，为此疥疤鱼就挺着个孕妇般的大肚子，长途跋涉来到浅水区产卵。但它游得极不轻松，因为此时有一大批可恨的鱼、虾和蟹子在后面尾随，等着吃它产下的卵子。富含蛋白营养的卵子犹如晶莹的小珍珠，太嫩了，太香了，太诱人了。疥疤鱼明白，只要它的卵子排出体外，就会被这些凶狠的家伙们吃掉。

但上帝总是搞平衡，让一些动物动作灵巧却头脑笨拙，让一些动物动作迟钝却充满智慧。老实的疥疤鱼确实高度聪明，第一，它们有潮汐知识，知道大海每到一定的时间退潮，每到一定的时间涨潮。第二，它们还明白，退潮之后，裸露的礁石能有四个小时的阳光照射，然后才被涨潮的海水淹没。疥疤鱼心下在想，我生出的卵子要是能露出水面，只要被太阳晒几个小时，就会立即变得坚硬起来，再涨潮时，贪吃的强盗们也就无可奈何了。但疥疤鱼要是离开水出去产卵，就会停止呼吸而丧命。怎么办呢？当轰轰隆隆的海水往岸上奔涌时，疥疤鱼安静地躲藏在礁石的旁边，默默地卧伏在那里，纹丝不动，其实它在苦思冥想，怎样才能将生出的卵子露出水面。埋伏在后面的鱼、虾和蟹子们正摩拳擦掌,跃跃欲试。它们以为这些大肚子的疥疤鱼就要开始产卵了。当然,腹中小生命并不知道外面发生了什么情况,在母亲的腹中一个劲儿地骚动,疥疤鱼母亲只是轻轻地用肚皮摩挲着礁石,安慰着即将出生的孩子。等候在一旁的公疥疤鱼更是焦急万分地等着做爱,所以不断地上前骚扰。母疥疤鱼却不动声色,只是用深情的眼神暗示着,亲爱的,别急……当海水哗哗啦啦地往后退时,公母疥疤鱼们开始动作了,一阵疯狂的亲密之后,母疥疤鱼开始往礁石上产卵。但礁石并不能在一瞬间露出水面,这时后面跟着的黑鱼、蟹子等坏蛋们就会一哄而上,抢食它的孩子。为此,关键是时间的把握,也就是最好在产卵的同时,礁石很快就露出水面。这样,后面抢食的坏蛋们就无能为力了。

正因为这样,你往往会看到这样的场面,在退潮的水流中,一些礁石开始露出礁尖时,就像有谁发了一声号令,所有的疥疤鱼母亲们开始发了疯般地拼命产卵,大肚子下面突起的产卵器,像机枪一样扫射,金黄色的、晶莹的卵子喷涌而出,纷纷落到礁石上。由于潮水一面往下退,疥疤鱼一面产卵,所以更多的疥疤鱼母亲上半身子就渐渐露出水面。本来长久生活在深海里的鱼,突然游到浅水区就有些不适应,这时将半个身子探出水面,就更是痛苦万分了。缺氧使它们艰难地张着大嘴,但还是拼了性命地坚持着,将卵子产在即将因退潮而露出水面的礁石上。终于,潮水退下去了,一簇簇粘在礁石上的疥疤鱼卵沐浴着温暖的阳光,再加上海风的吹拂,柔软的外壳很快就变硬了。这时,被憋得半死的疥疤鱼母亲们才放心地缩进水里。

然而,疥疤鱼母亲们还是失算了,因为它们再聪明也不会想到,虽然巧妙地杜绝身后天敌吃它产下的孩子,但陆地上还有更聪明的天敌,这个天敌就是人类。当人类看到浅水区里突然游上来那么多肥大的鱼,而且还怀着一肚金黄色的子儿,啊哈,那绝对是潮水涌上来一捆捆的钞票。于是,每年疥疤鱼产卵时,辽东半岛的海边上就站满了抓疥疤鱼的渔人,他们欢喜地吆喝着,一面嘲弄着疥疤鱼是傻瓜,一面又盼望着疥疤鱼是傻瓜。当然,天长地久,疥疤鱼也就知道人类就在岸边等它们来送死。可是为了孩子,它们只能是视死如归地游上来。一条疥疤鱼母亲被渔叉擎到半空,但她却一面扭动着疼痛的身子,一面继续拼命地产卵,当看到金黄色的,晶莹的孩子们落到水花翻滚的礁石上,母亲欣慰地闭上在人类看来挺阴险的小眼睛。有些疥疤鱼被渔人迅速地甩到较远的岸上,它还尽最后的责任,无可奈何地将最后的卵子排射到干燥的鹅卵石上。

别看疥疤鱼表面丑陋,里面的肉却雪白细嫩,而且个头肥胖,将它的皮剥下来,整整齐齐地一块肉就足有一条大黄鱼那么大。新鲜鱼肉吃不了,还可以晒干,变成鲜美的鱼米,可以放到过年时再吃,而且味道比虾米更有鲜味儿。肢解后的疥疤鱼皮和鱼骨扔到垃圾堆里,深夜时却放射出绿莹莹的光来,半夜起来小解的渔人被这亮光吓了一跳,这才知道疥疤鱼确实是深水里的鱼,尽管它已经死了,但到了黑夜还以为又回到黑暗的深水故乡,所以条件反射似的放起光来。

　　如今,这种抓疥疤鱼的场景基本上消失了,因为岸边的人类数量越来越多,而海里的疥疤鱼越来越少了。

海 凉 粉

　　海里一种不为一般人注意的,带点紫红色的神奇植物,有人称它为鸡毛菜,有人称它为牛毛菜,更多的称它是凉粉菜,因为用这种菜能制作出淀粉状的凉粉。一丛丛野草一样的植物,能和水晶般透明的凉粉联系在一起,实在让人不可思议。

　　凉粉菜变成凉粉过程相当简单,在锅里煮上一个时辰,菜叶便粉化,最后被热水溶解得无影无踪,成一锅稠状糨糊,凉后就是晶莹的凉粉。从锅里扣出一个颤盈盈亮晶晶的锅形晶体,再切成小方地或细条条,叠翠堆玉,银丝游鱼般闪动;盐醋佐汁浸润,蒜酱麻油杀腥,剁几刀碎香菜撒上去壮色提味儿,煞是诱人。大夏天,凉丝丝滑溜溜一碗滚下肚去,一股香辣酸爽气上冲,浑身为之一振,抿着嘴再品滋味,精神格外抖擞。

　　然而,极简单的做工,却藏有极复杂的精细。盐醋的兑量,蒜酱的浓淡,麻油的滴数,是相当关键的,这全靠神灵般的感觉。特别是麻油,多一滴腻口,少一滴寡淡,就连随便撒下一撮的香菜也有微妙的学问。同样的材料,一般人做出的海凉粉和"水红凉粉店"相比,大大逊色,品味细腻的人简直就觉得天差地别。过去各家关门吃粉,分不出什么高低。现在改革开放,家家把粉摆到大街上叫卖,几经客人品尝,豁然分出优劣,最终人们都围坐在水红家门前吃粉,水红名声大振。

　　水红是我乡下亲戚家的邻居,一个穿着水红色短袖衫的高中生。因为总是考不上大学,所以就在家里熬凉粉卖。她门前临着一条通向城里的路,所以总有客人来来往往。看到一个穿水红色衣衫的俊秀女孩子,搭着水红色的凉棚,松木桌上摆着一碗碗晶莹的凉粉,确实有着难以抵抗的吸引力,所以水红生意兴隆。水红妈有时吹嘘,再干两年,就可以在城里买一套房子了。

　　水红在客人面前拌凉粉,加盐搅醋拌蒜滴油撒香菜,手脚麻利随心所欲,边干活边同食客说笑,眼角都不曾瞥一下手中的活计。但一碗爽气直冲鼻孔的凉粉端到你面前,依然是别有洞天。完全像大作家写小说,信手拈来,洋洋洒洒,嬉笑怒骂,皆成文章。有些人家做凉粉,边干边尝着口味,结果还是不如意,便气急败坏地来学水红。水红笑道:约摸着干呗! 人家不信,疑心水红保密,严加注意观察,果然如此,只好长叹一声:服了!

也有些心胸狭窄之徒,忌妒水红长有俊模样,骂道:靠色挣钱!

其实,水红真正吸引食客的是她凉粉的亮色和透明度。一般人家的海凉粉,都略带点凉粉菜的紫红色,那就是凉粉菜的清洗次数不够。也许是为了挣钱心切,也许是不以为然,一般只是把凉粉菜泡洗几次,便急急下锅。带颜色的凉粉海腥味就重,只好多用醋蒜杀,味道当然就鲜不起来。真正把凉粉菜泡洗数十遍的人家不多,然而,即使是泡洗数十遍,也不如水红做出的凉粉悦目惹眼。为什么?水红更有妙招。她心有灵犀,发现海边上的海菜无论多么深绿紫褐,只要漂到沙滩上多日风吹雨打,都将变得白花花塑料布一样透明。于是水红想到太阳和雨水的威力。她把新鲜的凉粉菜撒到屋瓦上饱受日晒雨淋,大见功效。干烈的凉粉菜如一片片半透明的玻璃丝。用这样的透明凉粉菜做凉粉,就像柔软颤动的水玻璃,晶莹剔透果冻似的馋人。加上挂在凉棚边牌子上的几个大字——水红海凉粉,游客莫不疯癫而上,一饱口福。

这些年城里人多车多钱也多,旅游队伍蜂拥,渔村大受其惠。海凉粉摊沿路边摆设。久而久之,水红的海凉粉成为一绝。给这荒僻的小渔村增光添彩。游人甚至称这里为凉粉村。花花绿绿的游人也像花花绿绿的颜料那样,渐渐把渔村染得有些色彩了。渔村里的姑娘们学着城里姑娘的打扮,急切地洋气起来。第一个洋起来的当然是水红了,她天生丽质,稍一梳妆立即就引人注目。粉粉的脸蛋,细细的腰身,头发也用高级发胶摩丝什么的束成时髦的蘑菇形;两个毛茸茸的眼睛映着大海的蓝色,俨然一个洋小姐在那儿摆展览。

前来骚扰的小伙子多起来,连城里的少男们也跃跃欲试,一个来旅游的大学生,竟然给她写了一首情诗,诗中还带有 ABC。水红虽然看不懂,但暗地里欢喜和自豪得不行,夜里躲在被窝里看了又看。

水红有点心野了,小小的渔村装不下她了。她的心随着游客的身影飞得越来越远。渔村小伙子的肌肉块和豪爽性格再也吸引不了她。水红默默地打算,我卖凉粉拼命干,挣钱去外面的世界闯闯。

但凉粉毕竟是小本小利的小生意,无论怎么努力,也挣不了几个钱。汗水流淌了半个月,挣的钱还不够买一张飞机票。可还能怎样呢?水红只有拼命地拌凉粉。

一天,来了一个大款,他的高级轿车直接开到水红的凉粉摊前。大款刚一下车就被水红的美貌镇住了,那窈窕身姿和满脸飞霞,使大款目瞪口呆,看来茅屋确实能飞出金凤凰!大款一连吃了三大碗海凉粉,还赖在摊前不想走。最后他甩出一张一百元大票,说不用找零,以后还来吃。水红不想收这么多钱,但大款豪爽地一挥手,似乎那不是一百元大票,而是一张废纸。还没等水红走出凉粉摊,大款的轿车早已鸣笛开走了。

果然,大款以后常常来吃凉粉,而且出手总是很大方。大款说水红干这一行实在是太可惜了,要是在城里,凭这面孔至少能当公关经理。水红听大款说这些话,心里总是乱跳,她又觉得不可能,又朦朦胧胧地感觉自己守着小摊卖凉粉确实挺委屈,因此有些莫明其妙的骚动。

大款和水红混得很熟了，人们常听他们在凉粉摊上发出叽叽嘎嘎的笑声。有一次水红还坐进大款的轿车里，在海边转了一圈。水红下车时满脸绯红，说有点晕。大款说坐惯了就好了。

水红突然穿得更加漂亮和奇特，打扮得跟港姐似的。村里的姑娘们喜欢得要命，说这样高级的衣服，无论怎样飞针走线也做不出来。后来才知道是大款从香港给捎回来的。

渔村里兴起了大仙。水红妈找大仙给水红算命。大仙闭眼发功，睁眼说命：水红本是金枝玉叶，但因生日时辰差几个小时，降了级别。不过，前世修了功果，得到上天护佑，也非等闲之辈，非东方来贵人莫嫁……

水红妈再叩问东方贵人是谁，啥时来？

大仙说：命中已定，届时乘四轮来也……

水红妈不敢再问，怕问破天机有祸降身，且喜且惊回家猜度。水红闻知后，立即心动眼跳，暗里比爹妈还惊喜不已。那大款不是开四轮车从东边方向来的吗？

水红睡不着觉了。

终于有一天，大款又开着轿车将水红拉走，但这次拉走并非到海边转转，而是拉进城里，水红再回来时，已是穿金戴银的大款夫人了。水红妈乐得合不上嘴，逢人便说水红有福，遇到贵人了。结婚那天，光客就来了成百上千，小轿车把城里大街都堵得"登登"的；吃的那个虾老辈都没见过那么大，一个大盘子只能装一个！

有见识的人笑道：那是龙虾，南方海里出的，过去只有高干才捞得着吃。

　　不过，无论是村里人还是游客，都再也吃不到水红做的鲜美晶莹的海凉粉了。据说水红有时回来拿一些凉粉菜回城，因为她老公想吃海凉粉。渔村人听不惯老公这个词，往往和太监联系在一起。很多穷渔人都模模糊糊地认定，凡是太有钱的人，那个玩意儿都不太好用，因此也就模模糊糊地为水红惋惜。然而后来听说，水红是大款的小老婆，那个大老婆还不时回来闹腾，把水红的脸都挠出了血道道。大家就更惋惜了。不过，穷惯了和穷怕了的渔人还是将金钱排在第一位，只要是嫁个有钱的，管他是大的还是小的，"能给富爷当孙子，也不给穷汉当祖宗！别看水红吃点苦头，其实也挺合算。"

　　海边开始建起了化工厂，一些管道伸进海里，不知为什么，凉粉菜越来越少了，而且像遭到病虫害的庄稼，叶子变小变细，勾勾巴巴蔫头耷脑，做出的凉粉还有股说不出来的异味。凉粉的生意也做不下去，渐渐地，人们就想不起水红了。

龙 凤 相 斗

  辽东半岛尖端的海面上有一对著名的岛屿，名曰蛇岛和鸟岛。从空中俯瞰，这两个小岛像一对姊妹，一个寂静，一个吵闹，相依相偎，相映成趣。然而，一个岛上全是蛇，一个岛上全是鸟；蛇是鸟的天敌，蛇岛的蛇总是蠢蠢欲动要袭击鸟岛的鸟，而鸟岛的鸟总是严防蛇岛的蛇。为此常有厮杀和打斗。辽东半岛的渔人称蛇为小龙，鸟为凤，所以蛇鸟大战就是"龙凤相斗"。

  20世纪50年代，有科学家登岛调查计算，发现蛇岛上的蛇只有一个种类，就是蝮蛇。而且有五万余条。近年来由于污染和缺乏自然保护意识，已经锐减为两万多条。但小小的岛上有两万多条蛇，那也了不得，绝对是蛇的王国。每年秋天，生活在西伯利亚、蒙古大草原和我国东北地区的北大陆候鸟，成群结队振翅南飞，当飞到辽东半岛最南端的上空，看到一望无际的大海，便纷纷落下来歇息休整，养精蓄锐准备飞越渤海海峡。当然就有大批候鸟降落在蛇岛上。于是饿了大半年的蛇们就兴奋得像过大年，这真正是天上掉馅饼，鲜嫩的鸟肉让它们大饱口福。由于四周全是茫茫的大海，所以蝮蛇忍饥挨饿的耐力相当惊人。别看每年只有一次候鸟路过，但除了冬季，其余的季节蛇全都爬在树杈上"守株待鸟"。而且它们各个有自己固定的埋伏点，几周或几个月地守在树杈上的一个位置，尽管没有一只鸟降落，也照常坚守岗位。有些蛇被饥饿逼使，竟练成绝技，当小鸟从上面飞过时，它能突然腾空而起，与咬住的飞鸟一起跌落下来。一般来说，一条蛇一年最多吃6-8只鸟就可以维持生命。有专家计算，每年蛇岛上有二百多万只鸟飞过，至少有十到二十万只被蛇吃掉。

应该说，蛇吃鸟压根儿就不费什么劲儿，一口咬住就是，小菜一碟。但有一种老鹰，尖嘴利爪，相当凶狠，它不怕蛇，不但不怕，反而主动攻击。只要见了蛇，它就直扑上去，用利爪死死地抓住，然后飞上高空。人们可以见到蛇在老鹰的利爪下面扭动着，挣扎着，以为这条蛇必死无疑。然而意想不到的是，人们又会看到，正在奋飞的老鹰却像突然中了一枪，无力地垂着双翅，从空中直线跌进大海里死去。船上的渔人有时将死鹰捞上来细看，发现鹰身上有蛇咬的小孔。原来老鹰虽然勇猛，但缺乏智慧，见了蛇只是随意地朝蛇身中间一抓，这样蛇头却能自由转动，反过来猛咬老鹰一口，中了蛇毒的老鹰不一会儿就飞不动，只能从空中栽下来。既然蛇这么厉害，那怎么会出现"龙凤相斗"呢，那就得说到鸟岛。

　　鸟岛离蛇岛确实不太远，上面鸟类的品种主要是海鸥，成千上万的海鸥修筑成千上万的窝巢，每年会产下数万枚海鸥蛋，这就是蛇们垂涎三尺的美味。而且在蛇的眼里，海鸥无论在体型和力量上，都没法与老鹰相比。海鸥压根就没有老鹰凶狠的利爪，简直就可以说是"弱势群体"。蛇想，不可一世的老鹰都能被我们战胜，而且我们还有飞跃空中捕鸟的绝技，不禁就有些得意扬扬，自以为天下无敌，一个个跃跃欲试，要游到不远处的鸟岛上偷吃鸟蛋。

　　鸟岛上的海鸥邻近毒蛇王国，饱受死亡威胁，当然要时刻保持警惕。海鸥是以鱼和贝类为主食，每天都要频繁地飞出岛外，到数里远的海面和沙滩上觅食。有时鸟巢里只剩下孤立无援的鸟蛋，这就给毒蛇创造了偷袭的机会。然而海鸥是相当聪明的鸟，虽然没有老鹰那样雄壮，但却比老鹰有智慧。再加上与毒蛇为邻，就有着千千万万次交锋，使它们在无数次抵抗中，渐渐练就了一身的武功，也积累了不少经验。第一，海鸥的夫妻们采取轮流捕食的方式，总是留一只海鸥在家里站岗放哨；第二，海鸥和邻居之间相约，彼此交差时间捕食，也就是说，即使是张家的夫妻全都飞出去，李家的邻居们也能警惕地关照。只要见到毒蛇的影子，任何一只海鸥都会及时报警。这种团结帮助的精神，使海鸥群体在千百年的风风雨雨之中，却能活得兴旺发达。

　　毒蛇却并不了解这些，它们信心百倍，大摇大摆，向鸟岛进攻。

正在孵化的海鸥蛋散发出香喷喷的气味，这使它们更加急切。可是还没等它们接近海鸥的窝巢时，空中就响起海鸥报警的尖叫声。一大群海鸥轰然而起，无数双明亮的眼睛从空中俯视蛇的方位。然后就有老练而勇敢的海鸥上前迎战，猛然，一只海鸥就像枪口射出的子弹，闪电般地直冲下来，猛地抓起蛇，飞往大海深处。从人类的眼睛望去，海鸥与老鹰一样，只是快速而随意地抓起毒蛇，其实不然，海鸥在抓蛇的一刹那间，是经过精确计算的，无论蛇怎样扭动，它都能灵巧地躲过蛇嘴，准确无误地抓住蛇的颈部，使蛇头不能有一丝一毫地转动能力。更精确计算的是，海鸥并不像老鹰那样往高处飞，而是尽力地节省力气，贴着海面平飞。因为它知道蛇会游泳，但更知道蛇能游多长的距离。所以海鸥尽全力朝大海深处飞，一直飞到蛇永远也游不回来的远距离后，这才放心地将蛇抛进浪涛里。

　　毒蛇们吃了大亏，损兵折将。当然也会总结经验，最终知道这种明目张胆的打法没有多少胜算，但海鸥蛋的香味已经令它们难以抗拒，很快又从香喷喷的蛋壳中钻出肉质鲜嫩的小海鸥，味道更加鲜美，实在是让它们发了疯。怎么办呢，只能是再度冒险，不过要改变战术，要尽最大耐心伺机进攻，尽最大能力伪装靠近。其实蛇的视力极差，而且听力更差，有时眼看被牛蹄子踩到脖子上，或是汽车就要碾到脑袋上，它也岿然不动，其实不是有什么视死如归的勇气，而是浑然不觉危险来临。但上帝却给蛇一种特殊的功能，就是在蛇眼下面长有"红外线感温"的装置，当蛇要搜索食物时，这种"红外感温"功能就会发挥极精准的探测信号。这样蛇就用不着探头探脑和侧耳细听，只是一动不动地埋伏，只靠放射的红外线就能收集前方情报。

红外线感温让蛇知道，有只大海鸥在那里守护。再度冒险进攻的毒蛇们就不再前行，而是一动不动地装死。有渔人摇船上岛避风浪时，常会看到一些海鸥的窝巢旁散乱地躺着一些枯树枝，但近前一看，天哪，这些树枝竟然是伪装的毒蛇。更让人惊叹的是，这些与海鸥窝巢近在咫尺的"枯树枝"，会长达一天或数天不动，只要是有大海鸥守在窝巢里，或是已经有百分之九十九的把握，但只要不到百分之百，就绝不会蠢蠢欲动。如此耐心和耐力，当然总会有机可乘，偷得一枚海鸥蛋，或刚出壳的小海鸥。但这种水滴石穿的慢功，对海鸥群体的繁衍形不成威胁，反而，绝大多数得手的蛇因肚腹塞着食物，行动迟缓，在返回的路上，还是被警惕万分的海鸥发现，最终还是一命呜呼。所以，鸟岛上的海鸥越来越子孙满堂的兴旺。

千百年来，这种龙凤相斗的场景，简直就像电影戏剧，煞是好看。可不幸的是人类也喜欢吃海鸥蛋。现代营养理论，拼命地吹捧自然的野生的才是丰富纯正的营养。当然野生的海鸥蛋就被人类视为宝贝了。另外，用不着费心管理和费力饲养，到了繁殖季节，成千上万的鸟蛋摆在成千上万个鸟巢里，白花花的一片，只等你去拿来就是，何乐而不为！

不知为什么，海鸥见了人，开始不以为然，有些海鸥还动听地鸣叫几声，友好地扇着双翅打招呼。也许海鸥经常在渔船前后飞翔,看到一些渔人将一些小鱼小虾扔给它们吃,就觉得这些站立的动物挺友好,决不像爬在地上的毒蛇。然而,海鸥的头脑毕竟思维能力有限,它们看到毒蛇是整齐划一的凶狠,绝不会有一只毒蛇会善良。也就认定人这个站立的动物会整齐划一的友好。而决然没想到有的人确实友好善良,但有的人比毒蛇还凶狠百倍。当海鸥发现真有像毒蛇一样的人来抢劫它们生下的蛋,危及孩子的生命,开始百思不得其解,但很快就知道大事不妙。因为人的能力比毒蛇强百倍。

海鸥们紧张起来,只要发现有人影靠近,立即群体一齐尖叫,并爆炸般地轰然飞向空中,在入侵者面前组成一道动感的铜墙铁壁。同时尖叫的声音开始变调,简直就是一群猛兽在吼叫。但人毕竟不是蛇,决不躺在地上装死,反而更快速地向前逼近。焦急万分的海鸥便使出最后的看家本领,暴风骤雨般地朝入侵者喷溅粪便。海鸥的这些雕虫小技,在人类面前只能是螳臂挡车。没办法,海鸥们惊慌失措地搬家,将窝巢建在悬崖绝壁之上,连攀爬的高手毒蛇也胆战心惊。鸟岛的地势本来就险峻,四周几乎全是悬崖陡壁,所以一些想偷吃海鸥蛋的人也望而生畏地作罢。但总有大胆者,还是爬上悬崖抢劫海鸥蛋。但也就经常发生危险,摔死在悬崖下面。为此鸟岛周围的渔村里,常有女人哭诉摔死的丈夫:"你鸡蛋不吃,鸭蛋不吃,偏要吃海猫蛋呀!"声调凄惨,却还有点自嘲的味道。

但人类毕竟是万物之王,很快就造出先进的登山工具,能折叠的,能弹射的,能柔软活动的梯子。其实,海鸥蛋还不算是贵重之物，否则人类就会将直升机开上鸟巢。

　　在恐惧和伤感中过日子的海鸥，不仅数量开始锐减，连对毒蛇的战斗力也逐年下降了。可万幸的是毒蛇数量也在锐减，因为人这个高级动物对蛇也不客气，蛇肉可食用，蛇毒可入药，蛇的用途比海鸥多得多呢。为此，蛇岛和鸟岛还在维持着相对平衡的现状，但往日那种繁荣的景观，特别是龙凤相斗的场面，你就是用高倍望远镜，电子探测仪，也很难看到了……

老到的海龟

　　海洋里有许多古老的动物，但最古老的，甚至让人类觉得很有些"道行"的动物可能就是海龟了。早在亿万多年前，海龟的祖先就与庞大的恐龙一起"繁荣昌盛"过，但后来无数次惊天动地的灾难，使所有凶猛强壮的恐龙相继绝种，但老成持重的海龟却能顽强地活到今天，应该说这是生命的奇迹。为此，人类形容生命长久的光彩字眼，就有"千年松，万年龟"。倘若一个过百岁的老寿星，大家就称他为"龟寿"。另外，中国最古老的传说，天的一角塌下来，就是用巨龟顶着天柱擎起来，使世界至今完美无缺。所以，几乎在所有的寺庙里，都可以看到汉白玉雕刻的神龟，背上托着天书般的巨型石碑，你立即就会感到一种千秋万代的古远，和至高无上的神圣。

海龟如此顽强的生命力,却没有一点生龙活虎的样子。相反,它总是老态龙钟地爬行,或是一动不动地停在那里,犹如老化的石块;即使它在水中游动,动作也不可思议的从容。总之,这样的动物只能使你联想到老弱病残。然而,海龟的寿命几乎比最长寿的人类还要长几十年。据《世界吉尼斯纪录大全》记载,海龟的寿命最长可达一百五十多年,所以,在海龟的队伍中,活到八十岁其实才是中青年。然而从形象上看,无论是少年、青年还是老年的海龟,全都是老气横秋,老谋深算的样子。

科学家们说,海龟在远古之时是陆地的动物。看起来那阵陆地上的龟大概是太多太多了,从大量甲骨文出土的现象,可以想象当年龟的数量多么庞大,成千上万张甲骨文龟盖,就像今天成千上万的纸张一样。那时,人们只要需要,随意就能拖来一只杀掉,然后用龟盖算卦。今天,无论海龟还是陆龟,都让我们感到是稀奇之物了。

也许一大群一大群的龟挤在一起,竞争太厉害,竟然就将一些陆龟挤到海里,经过千年万年的海洋生活,渐渐就演化成今天的海龟模样:头顶有一对前额鳞甲,四肢如桨,前肢长于后肢,这有利于游泳。不过,从另一个角度说,海龟比陆龟聪明,在那些惊天动地的灾难中,敢于冒险下海寻求新的活路的龟,其头脑一定比缩在陆地上死守的龟灵活。至今陆龟遭遇危险时,唯一的能耐就是将脑袋与四肢严严实实地缩进龟壳里,任凭天敌啃咬和玩耍。但海龟却不这么窝囊,它们会挺直脖颈,划动四肢,迅速游动,夺路突围。问题是这种生存方式,也就使海龟的脑袋和四肢永远伸在外面,而失去收

缩的功能。在波涛汹涌，险象环生的海洋里，这就有点麻烦。有些鱼类咬不动龟壳，但柔软的海龟脖颈和腿脚，却也是可以下嘴的食物。所以，海龟不比陆龟活得轻松。

前面说过，海龟能活到一百五十多岁，是地球上的"活化石"，是动物界的老寿星。所以沿海渔人视海龟为长寿吉祥物，恭敬如神。而这种神圣和神秘的传说，却使海龟的生存得到一种意外的保护。辽东半岛的一艘渔船下海捕捞鱼虾，不慎将一只海龟打上来，年轻的渔人很兴奋，觉得可以卖钱。但年老的渔人认定这是得罪长寿之神灵，就赶紧把缠住它的渔网解开，亲切抚摩，用馒头和菜肴喂它。然后还烧香叩头，再小心翼翼地把海龟送下海。老渔人说，海龟通人性呀，被网打上来时，两眼流泪地看着我们；当我们放它下海时，它还回过头来，给我们磕头作揖呢。其实，老渔人不知道，海龟吃海藻过程中同时也吞下海水，摄取了大量的盐分。在海龟泪腺旁的一些特殊腺体会排出这些盐，造成海龟浮到海面上会有"流泪"现象。另外，海龟动作迟缓，即使是大敌当前，也照样"慢条斯理"，不会迅速逃跑。因此被渔人放到海里时，必然要在起伏的海浪中漂浮一阵子，这也就给你磕头作揖的感觉了。

正因为人类有一种敬畏神灵的心理，所以动作缓慢，易于捕捉的海龟得以茁壮成长。有资料统计：世界上最大的海龟体长达两米半，重一吨。好家伙，要是捕到这个大块头，还真得运用吊车吊呢。最小的海龟也有半米长，五十来公斤重，恐怕一个健壮的成年人也对付不了。有文章详细介绍：目前海洋中共有八种海龟，其中有四种产于我国沿海，主要分布在山东、福建、台湾、海南、浙江和广东一带。群体数量最多的是绿海龟。大个头绿海龟有一米长，重一二百公斤。据说有渔人见到过五百斤重的绿海龟，十几个海员围上去，才勉强挪动它。

因为绿海龟主要取食海藻，为此，大部分时间都在海底藻丛中爬动，像牛一样啃食，因此并不像一些肉食海龟那样，经常上岸晒太阳。正因为这样，在我国近海固然有相当数量的海龟，却很难看到海龟的影子，这也就增加了人们对海龟更深的神秘感。

神秘而神奇的海龟却在演绎着真实的故事，有报道说，一九九六年夏天，一位二十八岁的韩国水手林姜勇，不慎从风浪颠簸的商船甲板上滑落到海里，这个水手在滚滚的浪涛中拼命挣扎，眼看气力用尽，就要放弃救生欲望之时，却意外地发现身旁出现一只大海龟。这只大海龟似乎意识到他生命垂危，正四肢划动，向他靠拢。林姜勇完全像见到救星，再次涌上来求生的力气，立即爬到海龟背上，紧紧地抱住海龟的颈部。而海龟也温顺地让水手骑在背上，一直在风浪中漂浮了六个多小时。后来被另外一艘商船上的人发现，连人加海龟一齐救了上去。船员们对大海龟能神灵般地救人，大为感动，特地用肉和香肠款待了海龟，让它在船上休息了一阵，然后恋恋不舍地将它放归大海。

还有一则报道说，南非德班市两名年轻的姑娘蕙洛梅和克萝丝，结伴下海游泳，但风云突变，突袭而来的巨浪将她们卷来抛去，苦咸的海水呛得她们昏头昏脑，几乎就要休克。关键之时，渔人发现在浪涛中漂浮的克萝丝，及时将她救起，而蕙洛梅却被卷入深水中失踪。海岸救生员用尽全部力量，也看不到蕙洛梅的影子，只好调来直升机从空中巡视。但驾驶员杜西在海面上空苦苦寻找了一个多小时，看到的只是无边无际的汹涌浪头。杜西意识到蕙洛梅肯定遇难了，然而他却锲而不舍地继续扩大搜索，终于在离岸两公里远的深海处，发现一只海龟，上面竟驮着一个女孩。这使他不敢相信自己的眼睛，甚至觉得这是在做梦。可是看到龟背上的女孩拼命地朝上招手。杜西赶紧将直升机降到水面，发现海龟背上驮的正是失踪的蕙洛梅。当蕙洛梅抓住直升机放下的软梯，登上了飞机后，再回过头来看，那只无名英雄的大海龟却早已悄然而去了。急得她只好热泪盈眶地朝大海里大喊感谢。这些报道有时间，有地点，有真名实姓的人物，而且事情的细节说得"有鼻子有眼"的，你不能不感到海龟确实有一种神秘和神圣，你不能不相信老渔人说的海龟"通人性"。

科学探测和观察手段的进步，使人类开始揭秘海龟的神秘。也就发现这些老态龙钟的家伙们挺有能耐，能吸一口气潜进水里数小时，能畅游万里决不迷路；可是这家伙却挺顽固，因为它无论从出生地游到多么遥远的海洋深处生活，甚至绕行几大洲，几大洋，但"婚后"却必须再度千里万里地绕回来，在它出生的沙滩上挖坑产卵。产完卵后，海龟们似乎是不管不顾地又回到深深的海洋。数日后，小海龟脱壳而出，没有任何人指点，它就知道奔向广阔的大海，并且在广阔的大海里，能一丝不苟地按照父母游过的路线前行。为什么会这样？研究者们为此而苦苦思索，这条路线是谁告诉它们的？难道一代一代的海龟基因里，确实能遗传"路线图"密码吗？这可是太神奇了！更神奇的是，数十年之后，这些小海龟成为了父亲和母亲后，却又能分毫不差地又回母亲生它们的沙滩上，按照它母亲生它的方式，生出它们的下一代。研究者们呕心沥血，也无法破解这种莫明其妙却又绝妙的神秘。最终只能是对着没有任何表情的海龟脑袋发愣。

海龟的爱情却令人类忍俊不禁，大感可笑，却又哭笑不得。在爱情问题上，老成持重的海龟，竟然如此不雅观，简直可以说是一场"滑稽"的混战。可能是在海龟的世界里男多女少，为此，只要到了爱情的季节，你就会看到无数只雄性海龟在争抢一只雌性海龟。当然，海洋里的许多动物，都有这种雄性争风吃醋的场面，可是海龟却不仅争风吃醋，而且还大打出手。当一只雄性海龟已经与一只雌性海龟结为夫妻，并开始新婚生活，也就是正在交配之时，其他的雄性海龟仍然气势汹汹，继续与成功丈夫决斗。问题是并非是一比一的决斗，而是所有的光棍们结成团伙，围攻正在交配的雄海龟，明目张胆地破坏人家的夫妻生活。

破坏的方式比流氓还流氓，凶狠并残忍。尤其是新婚夫妇甜蜜拥抱时，光棍海龟们就轮流上阵，用牙齿咬用拳脚打，用坚硬的甲壳撞击，试图将拥抱在一起的新婚夫妇分开。当然，拥抱在一起的新婚夫妇却越抱越紧,坚决反抗。于是光棍汉们就气得发了疯,它们毕竟都是海龟,知道坚硬的甲壳咬不动,便开始下死手,用尖利的牙齿去撕咬雄海龟的生殖器。这一招着实厉害,正在过"夫妻生活"的雄海龟生殖器裸露在外,很容易被咬伤。但交配的甜蜜快感使雄海龟坚如磐石似的坚持,尽管被撕咬得痛彻骨髓,但也决不与相爱的伴侣分开,继续为传宗接代而抗争不息。这当然就更引起众怒。于是,无数个尖嘴利喙咬上来,攻击目标绝对的准确,不把雄海龟的"关键部位"咬断,决不罢休。终于,被攻击的雄海龟再也坚持不住了,因为再坚持下去,"关键部位"真就会咬断无疑。当伤痕累累的雄海龟恋恋不舍地松开拥抱时,胜利者的光棍海龟却又进入新一轮的战斗中,因为它们当中的那个抢到新娘的伙伴,又成为新的攻击目标。难以置信的是,总有英勇无比的丈夫,在如此可怕的伤害中,却能咬紧牙关将爱情进行到底。这也许是上帝安排的"把戏",最终让最勇敢和最有反抗力的丈夫来传宗接代,以达到海龟这个物种以最优秀的基因方式存活下去。

灾难是爱情之后,由于海龟们一成不变的生育方式,使人类和动物们很容易抓住规律,知道雌海龟什么时间上岸,什么时间生蛋。首先,那些凶残的鳄鱼和豹子会及时地赶到沙滩,等候捕杀蹒跚爬上陆地生育的雌海龟;其次是一些小动物埋伏在周围,等候生育结束后的雌海龟爬走,它们就一拥而上,将雌海龟刚刚掩埋好的蛋挖出来,大吃特吃;即使是一些海龟蛋有幸躲过这些劫难,孵化成功钻出蛋壳,但这些幼稚的小东西在奔往海边的路程上,还会遭到一群群海鸟的疯狂啄食;最后,一些万幸逃脱的小海龟们游进大海,早就有一群群饥饿的鱼类在等着它们呢……

有科学家估算,幼海龟成活的几率只有千分之一,也就是说海龟每生下一千个孩子,只能活下来一个,这实在是太残酷了。然而,悲剧没有到此结束,因为海龟不仅是野兽们的食物,还是人类需要的宝贝。海龟壳可以被用来制成梳子、眼镜框、首饰和其他的一些化妆品,而且售价相当昂贵。海龟既然是长寿之物,其肉当然也就会给人类带来长寿的营养了。所以龟肉煲汤滋阴补阳,延年益寿;脂肪可炼油,龟卵更是绝美的野味。人类要比野兽厉害多了,他们不仅能在海洋捕捉成年大海龟,更绝的是当海龟卵还埋在沙滩下面时,人类早就掌握了位置,轻松获取。有研究人员最近发现,很多海龟不再上岸产卵了,因为人类的发展,大大减少了海龟筑巢的场所;人类的陆地生产和海上作业产生可怕的噪音,吓得海龟们胆战心惊;人类的灯光越来越亮,误导了海龟们的夜间孵卵正确时间,甚至也会使刚刚孵化出来的小海龟迷失去往大海的方向;人类往大海里大量地倾倒垃圾,阻挡了海龟登岸的去路,而且海龟误食人类垃圾后会致病而死亡……有些环保人士忧伤地说:这个千分之一也保不住了。

现在,我们终于看到这样的文字:世界上所有的海龟都被列为濒危动物。

抹 香 鲸

　　在远古时期，全世界的渔人都会在海上看到一种漂浮的灰色块块，但这些块块却发出很臭的气味，熏得渔人躲之不及。也就是说，很长的一段岁月里，人们并不认识这些臭气熏天的灰块块是什么东西。后来，一些人发现，当这些灰块块被浪涛拍打到陆地上，渐渐被晒干或风干，竟然就变了颜色，原来不堪入目的灰不溜秋的东西却闪出悦眼的琥珀色，更令人惊讶的是不但没有了臭味，反而溢出一种让人喜欢的甜酸味道。

　　于是这种奇特的能变化的东西引起了人们的注意，有聪明者就反复研究加工，最终制出一种高级香料，这就是有名的龙涎香。但是人们只知道海上漂浮来的灰块块能制造出名贵的香料，却并不明白这些灰块块是从哪里来的。很多年来，世界各国都有不同的说法,有的说这些臭味的灰块块是在一定的温度下,从海水的营养中生产出来的特殊菌类;有人说它是生活在遥远岛屿上的大鸟的粪便,后来被风暴刮进大海里;还有人认为它是蜜蜂巢中的蜂蜡,后来树木腐烂倒下,漂浮到海里,长久被海水浸泡,就成了这样的灰块块。著名的阿拉伯医生,自然科学家阿维金纳在九百年前就认真研究,并写出有关这些灰块块来历的文章。文章说这些香料的原料原产于海底的一种矿物质,由深海层涌出的强烈水流带至海面。但在这个阿拉伯医生发表的文章之后一百年,我们中国也有人讲述了不同的看法。并写出有些故事味道的文章:在遥远的海洋里,栖息着许许多多的龙。这些龙有时会跑到岛屿上休息,当它们躺在沙滩上睡觉时,嘴里的唾液便淌出来,流入大海,渐渐变硬就形成了一块块漂浮物,所以制造出的珍贵香料,中国人首先赋予龙涎香的高贵的名称。问题是这些说法大都是猜想推测或有些浪漫的传说性质,最终没有定论。到 17 世纪时,有关龙涎香的生成说计有数十种之多。

20 世纪,人类发展使科学大大向前进步,更多的专业学者借助科学手段,对海上漂浮的灰块块进行细致观察和研究,终于惊异并惊喜地发现,原来这种臭气熏天的东西是来自一种巨型鲸鱼的体内,并给这巨型鲸鱼命名为"抹香鲸"。从最终明确龙涎香来历的研究中,我们可以看出,中国人的说法还是最接近的。

其实在很早的时候,中国渔人就发现大海里有一种奇特的鲸鱼,公鱼长十丈,母鱼长八丈,长着巨大的脑袋,脑袋重量几乎就是整个体重的一半,远远看去,就像放大了一千万倍的蝌蚪。所以渔人们称这种鲸鱼为巨头鲸。在巨头鲸巨大的嘴巴里,长着数十颗巨大的牙齿,每颗牙齿都像粗壮的象牙,而且呼吸时向上喷出的水柱也与其他鲸鱼不一样,是以45度角斜射向空中。最不能理解的是这么巨大的鲸鱼却没有背鳍,而肢鳍也短秃得可怜。但尾鳍却比所有鲸鱼都超宽超大,摆动起来强劲有力,犹如轮船的推进器。这个可怕的巨型家伙吸一口气就能潜水数小时,再次探出脑袋来,已经数里远矣。渔人称为巨头鲸的大鱼,其实就是抹香鲸。

随着现代科学的进一步研究,这才发现,抹香鲸有着高超的技能,在所有鲸类中它潜得最深,时间最长,数千米深的深海,抹香鲸可自由升腾和下潜,我们现在发明的深海探险器,在抹香鲸的眼里,简直就是"雕虫小技"。因此,抹香鲸在海洋动物王国中,号称"潜水冠军"。世界文坛上的经典名著《白鲸记》,里面描写的那头神勇的大鲸莫比·迪克,就是一头抹香鲸。第二次世界大战期间,一艘美国军舰在夜间行驶时,忽然舰身强烈地震动起来,整个军舰为此拉响了警报,不少官兵以为触礁或是碰上了水雷,一个个惊慌失措,纷纷行动,准备跳水逃命。后来经过检查,才发现军舰撞上了一头正在酣睡的抹香鲸。

一般而言,大型的鲸类往往都是性情温和,动作迟缓,而抹香鲸却不然,这家伙十分勇猛灵活,在茫茫的大海里似乎所向无敌。鲸鱼的天敌是虎鲸,虎鲸号称海中虎狼,所有的大型鲸类只要见到虎鲸,就等于见到死神。但抹香鲸却不这样,当虎鲸向它们进攻之时,它们决不畏惧,而是团结对敌,主动反击,虽然被虎鲸咬得遍体鳞伤,但还是英勇奋战,最后打得虎鲸狼狈逃窜。如此了得的抹香鲸,捕食时甚至比虎鲸还要残暴凶狠,与它遭遇的动物一旦被它咬住,那就很难逃脱。每一只抹香鲸的胃口都相当巨大,却又是集体就餐,那就等于无数个食品仓库。所以,当它们寻找到鱼群时,便全体上阵,分兵把守,前后包抄,然后冲进鱼群中,张开城门般的大嘴来吞食,有研究者计算过,一只抹香鲸一次饭量就可以吞食鱿鱼等各种小型鱼类五百公斤。

令人们惊骇的是,抹香鲸竟敢捕食比它还要凶猛的巨型章鱼。巨章是深海里的霸王,它有十条比象鼻子还粗大和灵敏的长腿,能扭断千斤大鱼的脊骨,还有钢铁般尖利的牙齿,能咬碎武士蟹的厚重的盔甲。所以它决不在抹香鲸面前俯首称臣,而是拼尽全力地抗击。所以,抹香鲸捕食巨型章鱼,往往是一场惊心动魄的恶斗,双方扭打在一起,轰轰隆隆地搅动海浪四起,倘若此时有船经过,也会瞬间激烈颠簸起来,船员们以为海上突然涌起了风暴。

巨型章鱼看到抹香鲸,立即挥动十条粗壮的长足,犹如十支飞舞的刀枪。然而抹香鲸却毫不停顿地往前冲,迎着飞舞的刀枪就是狠命的一口,无论咬在什么地方,都是死死地不松口。巨章当然怒不可遏,用还没被咬住的其他长腿,疯狂击打抹香鲸的眼睛鼻孔和嘴巴。但抹香鲸却咬得更紧,并且鼓足了全身气力,拽着疯狂厮打的巨章,往水面上冲去,猛地跃出水面。在渔人的眼中,就像平坦的陆地突然拔起一座高山。巨大的抹香鲸咬着巨大的章鱼,在滚滚的波涛中爆然而出。失去深水优势的章鱼,呼吸困难,更猛烈地挣扎和反抗。但抹香鲸就是一个劲儿地狠咬,一直咬到骨头也不松口,最终咬得巨章力尽气绝而死。

在大自然还未遭到破坏的远古年月里,人们大概经常可以见到抹香鲸大战巨型章鱼。为此,中国的古书中,就有不少生动的记载。《广异记》里这样写道:"开元末,雷州有雷公与鲸斗,身出水上,雷公数十,在空中上下,或纵火、或电击,七日方罢。海边居民往看,不知二者何胜,但见海水正赤。"

古人缺少科学知识,也没有科学观察仪器,再加上文学式夸张,令人觉得是上天的神灵雷公与鲸鱼打斗,其实这就是描述抹香鲸与巨型章鱼搏斗的场面。"雷公数十",显然就是巨型章鱼的十个粗壮腿腕;或纵火、或电击,就是巨章深红色的腿腕在半空中摆动,抹香鲸宽大的尾鳍拍起滔天的浪花。当然,抹香鲸要吞食如此巨大的庞然大物恐怕不会轻而易举,需要经过长时间的艰苦搏斗,为此长达七天才分胜负。其激烈程度和雄壮的场面,令古人不得不惊心动魄地描写出"有雷公与鲸斗"了。总之,没有望远镜的古人,能将抹香鲸斗巨型章鱼的场面记载得有声有色,也算不简单。

现代研究人员发现,在抹香鲸胃中的巨型章鱼并没有被牙齿咬碎的痕迹。看起来抹香鲸虽有尖利的牙齿,但并不完全靠牙齿咀嚼食物,而是狼吞虎咽,数吨重巨型章鱼竟然就能被抹香鲸"囫囵吞枣"。怪不得沿海渔村里多有这样的传说,某某渔人在海上被大鱼吞下腹中后,在鱼肚子里度过一天一夜,最后借助大鱼不断吞吐的水流,竟然活着逃出鱼腹。而这大鱼大概就是抹香鲸。

抹香鲸喜欢过集体生活,经常成群结队地在波涛中前进,最多时群体二到三百只。气势壮观,声势浩大,在无边无际的大海上犹如一支超级舰队。但如此巨大的抹香鲸,却又像小动物那样活泼,群体中相互顽皮地玩耍,搅动整个海面浪花飞腾。抹香鲸在家庭结构上还属于封建社会,大都是一夫多妻制,有能力的公抹香鲸全是妻妾成群。母抹香鲸怀孕的时间比人长两倍,胎儿在腹中几乎要待上两年。而且出生后还要紧贴着母亲生活十多年,才能长大成熟。一般抹香鲸的寿命与人类差不多,正常情况下都能活到八十岁左右。所以在抹香鲸的群体中,充满家庭的和谐气氛。人们经常会看到抹香鲸总是扶老携幼,在浪涛中长途跋涉,缓缓前行。

抹香鲸似乎对我国海域青睐有加,无论是远古还是现在,渔人都能看到它在我国山东半岛一带活动。1978年4月8日,在山东胶南县搁浅一头雄性抹香鲸,体长14米,重22吨,初步鉴定为37岁。此鲸由中科院青岛海洋研究所制成标本,现展于青岛海产博物馆,每年吸引众多游客,令人流连忘返。该鲸的骨骼系统也于1995年5月架起来并对观众展出,这是我国最完整的齿鲸骨骼系统。它向人们说明:鲸鱼在漫长的历史征程中,由陆地进入海洋的事实。直到21世纪,抹香鲸在我国海域活动依然频繁。2008年春天,一头重达48吨的抹香鲸在山东威海搁浅死亡,这是亚洲目前搁浅的最大重量的抹香鲸之一。后经过几个月的时间制作成骨架标本和皮肤标本，现在刘公岛鲸馆展出，同时展出的还有龙涎香。

人们也终于发现，抹香鲸会产生制作龙涎香原料的原因。其实是抹香鲸在囫囵吞食巨章、枪乌贼等大型鱼类的消化过程中，大鱼尖利的牙齿和骨骼就会刺伤抹香鲸柔软的肠道。而抹香鲸的肠道立即会分泌出一种液体物质，来治疗被刺伤的伤口。然后这种有治疗伤口作用的液体物质，最后被慢慢排出体外，漂浮在海浪中，成为制作龙涎香的灰块块。其实人们闻到灰块块有臭味时，那是它刚刚排出体外。但随着在海水里漂浮时间越长，浸泡得越长久，香的纯度便越高。在海水中只浸泡了十来年的灰块块，价值不高，颜色发灰。真正泡得岁月长久的，才能制作出身价最高的白色龙涎香。近年来，这已经是稀世之宝了。

也许龙涎香的价值连城，引起人类的深切注意，并下功夫深刻地了解。科学家们已经用最现代的拍摄设备，跟踪抹香鲸，并拍摄了专题电影《海底漫游》。这是保护海洋生物的宝贵记录：追踪一只80岁高龄且重达45吨重的雄性抹香鲸的一生。这部影片充满情感地向我们讲述抹香鲸的一生经历，当抹香鲸潜入两千米以下的深海，壮丽的深海景观活灵活现地呈现在人们眼前——令人难以想象的深海峡谷、水下火山以及在地球上最高和最长的山脉。抹香鲸带领我们领略一场动人心弦的刺激旅程——从失落古城的高塔螺旋，到巨大的海底峡谷以及广袤平地上冒着黑烟的"烟囱"。透过这段奇妙之旅，我们发现海洋在近一百年来发生了巨大的改变，而这个变化却在促进整个世界更有生命力，却更令人难以想象，因为它更加容易受到各种变化的影响而变化。实际上，无边无际的大海有权利赋予这个星球生命力的同时，也有权把它夺走。

小抹香鲸原本生活在大海的深处。它生命中大部分的时间都在海面下两公里的深渊度过。在这里，山峰比珠穆朗玛峰还要高，溪谷比美国大峡谷还要深；在这里，任何一种生物都要经受残酷的考验，因为深海里的动物比陆地上的动物更残暴和凶猛。更可怕的还有自然灾难，小抹香鲸两岁时就经历了生离死别，一次7.2级的强烈地震，山崩地裂，使小抹香鲸的小伙伴葬身海底。母亲带领它逃离了恐怖的地震带，开始了长途跋涉，跨越重洋。随着小抹香鲸长途旅行，我们目睹人类对海洋的侵略日益扩大。我们看到小抹香鲸母亲再度怀孕，而就在怀孕的虚弱之时，遭到了一群逆戟鲸的围攻，我们看到抹香鲸是多么的勇猛和坚强，敢于同可怕的天敌殊死搏斗，小抹香鲸在这场战斗中受伤，却被勇敢的叔叔阿姨们的勇气所鼓舞，它的一生从此而改变。小抹香鲸12岁的时候，已经成为能征善战的斗士，它可以不靠妈妈的保护和帮助，潜进深海和巨型乌贼搏斗，并取得胜利。但当它怀着兴奋的心情浮上水面，准备向妈妈报告它的成绩时，却看到妈妈被人类的捕鲸船杀害了。

从此，小抹香鲸开始了独立的生活，随着兄弟姐妹、叔叔阿姨们南征北战。完成了从大西洋到太平洋的伟大旅程。50年过去了，遭遇过太多的凶险，进行过无数次的厮杀，小抹香鲸成了大抹香鲸，身上无数的伤痕表明它战功累累，使同伴们对它敬畏，使竞争对手们感到威慑。它战胜了一个个强壮的情敌，直到五十多岁时，还能将比它年轻的情敌打败，赢得了一群太平洋雌性抹香鲸的青睐，赢得了生命中最辉煌的时期，成为所有抹香鲸臣服的海中之王。在弱肉强食的海洋里，海中之王活到80岁，然而威望不减当年，是抹香鲸家族中的元老。

陆地上的人类发动了战争，为避免战火，抹香鲸群被迫向南极洲迁徙，行至夏威夷海域时，却被卷入了一场人类的大海战，遭遇了前所未见的海底怪物——潜艇。

在80年的生涯中，这个身经百战的抹香鲸一共进行过近50万次的潜水，曾经和伙伴们在格陵兰与马尔维纳斯群岛间的火山山脉猎食，曾经绕过好望角，历尽艰难和曲折。然而，这并没影响海中之王的爱情生活，先后与诸多母抹香鲸们生下60个子女。

综上所述，我们已经知道抹香鲸是海洋中的超级霸王，可如此海上超级霸王也危在旦夕，倘若人类不善待它，它也只能是渐渐在海洋中消失。从调查中我们看到，抹香鲸曾被人类残酷而过度地捕杀，无论抹香鲸有多么超级的能力和武力，在有智慧而贪婪的人类面前，还是不堪一击。人类屠杀抹香鲸绝对是轻而易举，手到擒来。从人类开始调查时发现的85万头抹香鲸，在人类残酷无度的捕杀下，现在仅存20万头，也就是每四只抹香鲸中就有一只惨遭杀害。

其实人类并非无事生非，故意要与这海上霸王一争高低，而是抹香鲸对人类太有用处了。第一，抹香鲸肉味鲜美，近似牛肉，可以直接吃新鲜的鱼肉，更可以制成各类罐头；第二，抹香鲸的皮质坚韧，可做制革原料；第三，抹香鲸是高等工业原料，可提炼高级润滑油，制造蜡烛、肥皂、医药和名贵化妆品。当然，最让人类激动得发疯的是可炼制名贵的龙涎香。龙涎香既是珍贵香料，也是名贵的中药，有化痰、散结、利气、活血之功效。龙涎香燃烧时香气四溢，酷似麝香，又比麝香幽远，被它熏过的东西，芳香持久不散。在世界市场上与黄金等价，号称"灰色金子"，极难得到。如果谁有运气，在海上偶尔得到一块百十斤重的龙涎香，那就是得到价值连城的宝贝。

如此珍宝般的抹香鲸，还能活得安宁吗？

人类的"巨型朋友"

当你看到遥远的海面上有一艘巨轮在破浪前进时，可能你看错了，那也许是超级海洋动物——蓝鲸。蓝鲸是世界上个头最大的动物，无论体魄和体重都排号第一。蓝鲸的脑袋大得像一座大型厂房，仅舌头上就能站立十多个壮汉，轰轰跳动的心脏体积，赛过一辆奔驰汽车，血管粗壮得像个小走廊，人类的婴儿可以在蓝鲸的动脉中间轻轻松松地爬来爬去。支撑蓝鲸巨大体魄营养的胃口就是个大仓库，而这样的仓库共有四个，也就是说蓝鲸有四个胃口，所以饭量极大，每天消耗 4 吨左右食物，是人类 800 个壮汉的饭量；蓝鲸生下的幼崽，比一头成年大象还要重。如此巨大的"幼儿"，每天要喝 400 升母乳，等于人类三百多个婴儿一天的奶量。蓝鲸的肺活量犹如庞大的引风机，它呼吸一口氧气，就够一个人呼吸半年

的。如果风平浪静，蓝鲸从鼻孔中喷出的一道壮观的水柱，垂直度可达三到四层楼房那么高，宛如一股海上喷泉，人们在几公里之外都可以看到；在喷射水柱的同时，蓝鲸的鼻孔还会发出水流冲击的声音，犹如火车的汽笛一般响亮。如此庞然大物，无论陆地还是海洋中，当然就是天下第一壮汉，绝无仅有的大力士了。所以，蓝鲸只要是运足气力，就可以产生将近2000马力的动力，就是一辆轰轰隆隆奔跑的火车头。800马力的钢壳渔轮绑在蓝鲸的尾巴上，就能被拽得飞跑，倘若800马力的渔轮全速倒车，与蓝鲸"拔河"，蓝鲸照样可以拖着反其道的渔轮，以十多公里时速跑上大半天。

人类至今已经发现重达二百吨的蓝鲸，这个重量就比最大的恐龙还要重两倍。但海洋动物学家说，二百吨的重量是不是最重的重量，目前还不能确定。因为有人在海洋中观察到一条缓缓游动的蓝鲸，足有三十多米长，完全与波音737飞机或三辆双层公共汽车一样的长度，你简直就是看到一座建筑在移动。从专业研究人员的角度推测，这个长度的蓝鲸完全超过二百吨的重量。

为什么叫蓝鲸呢，顾名思义，就是它浑身呈深蓝色和青灰色，在人类看来就是战舰颜色。当这个巨大的蓝色和青灰色鲸鱼在浪涛中全速游动时，景象很壮观，犹如一艘巡洋舰在破浪前进；当蓝鲸半潜在波涛中休息，你又会感到这是一艘潜水舰。二战激烈的海战中，战士们剑拔弩张，高度紧张，有时将远处海面浮现的蓝鲸误认为是敌舰，往往拉响战斗警报。

蓝鲸虽然"力拔山兮气盖世"般雄壮,但在爱情上却文雅而艺术。它们决不像一些动物那样粗野地"抢男霸女",而是通过歌唱来求偶,这就像我国少数民族男女恋爱时对唱情歌,那么浪漫。有记录证明蓝鲸可以重复唱出 4 个音符的情歌,每支歌可以抑扬顿挫地唱上两分多钟;而不同的歌曲表达不同的意思,不同的音调表达不同的热烈程度。问题是蓝鲸实在是太巨大了,宽阔的喉咙犹如空旷的山谷,歌声能达到 155 到 188 分贝。在人类世界,震耳欲聋的风钻才 100 分贝上下。蓝鲸歌声的基频在 10 - 40 赫兹之间,而人类所能接受的最低频率是 20 赫兹。所以,没有特殊的科学仪器,就无法欣赏蓝鲸的情歌了。但是,倘若人类真能直接听到蓝鲸的歌声,干脆就会"震耳欲聋"而死。

一个对蓝鲸歌唱研究了 40 年之久的学者,渐渐奇怪地发现,蓝鲸的歌声竟然逐年变低,近些年越发像巨型大提琴的大低音那样深沉起来,这使他大惑不解。于是更多的科学家开始认真研究,结论是蓝鲸的歌声深沉是被人类"噪音污染"导致的。这就像一个人在吵闹的公共场所里说话,不得不放大声音。蓝鲸可能就是这样,在货轮、客轮、渔轮、游轮及钻机的轰鸣下,不得不将歌声深沉下去,低沉的低频声才能将歌声传播得更远,才能让心爱者听到它的美好赞颂。为此,就有许多动物学家表示忧虑,如果人类的噪音污染越来越严重,使蓝鲸的情歌无法传达到对方,那将会出现相当可怕的情况,失恋的蓝鲸抑郁寡欢,没有爱情的族群无法传宗接代……

　　在海洋里观察蓝鲸，你会享受到一种奇特的审美，首先是蓝鲸那扁平而宽大的水平尾鳍，有节奏地向空中升腾，然后又有节奏地拍下去，轰然地涌起巨浪，蓝鲸巨大的身体就在这轰然的巨浪中前进。蓝鲸鳍是蓝鲸前进的原动力，就像轮船后面的螺旋桨，但比螺旋桨的功能多，还有着升降舵的作用。前肢演变而来的两个鳍肢，保持着身体的平衡，并协助转换方向，这就使蓝鲸的运动既敏捷又平稳。难以想象的是，这个大块头的游泳速度却挺快，平常情况下，闲逛的速度就能达到每小时 25 公里。捕食之时的冲刺速度可达四十多公里；而遭到人类的捕鲸船追赶，它就会以 50 公里的时速逃跑。

　　更难以想象的是，蓝鲸这种超大型的动物竟然是以磷虾这种微小的动物为主要食料，这简直就是"大象吃蚂蚁"一样，太不可思议了。为此，蓝鲸就不辞辛苦，每天都用大部分时间张开大口游弋，在大洋中到处奔波，寻找磷虾群。一旦寻找到，便张开城门般的大嘴，吞下数千公斤溶含大群磷虾的海水。因为蓝鲸嘴巴上的两排板状的长须，像筛子一样；肚子里还有很多像手风琴风箱一样的褶皱，能扩大又能缩小，这样它就可以将海水和磷虾一齐吞下，然后嘴巴一闭，使海水从两排须缝里排出，筛滤磷虾，然后吞而食之。幸好磷虾是全世界数量最多的生物，所以蓝鲸才能发育得这样巨大。但密集的磷虾群一般都在 100 米以下的深水中，所以，巨大的蓝鲸还得像潜水员一样，不断地下潜。有研究人员曾认真观察和精确地计算过，蓝鲸一般进行 10 到 20 次浅潜水之后，才有一次深潜。深潜水可在水下屏气 10 到 30 分钟。1998 年自然学家西尔斯记录到最长的潜水时间是 36 分钟。人类要是不借助潜水装置,永远也不会有这个记录。

在所有的鲸类中,蓝鲸的聪明显而易见,从报章上看到,很多鲸鱼发生搁浅事件,但似乎从来没听过蓝鲸群体搁浅。20 世纪 20 年代,曾有一头蓝鲸在苏格兰外赫布里底群岛路易斯岛海滩搁浅。听到这个消息,海洋动物研究者们大吃一惊,并决不相信这搁浅的鲸鱼是蓝鲸。后来的事实证明,确实是蓝鲸,但不是一般鲸鱼式的搁浅,而是它的头部被捕鲸船上的渔炮射中,将它打昏,导致它迷失方向。这头可怜的蓝鲸本能地不惜一切代价地坚持呼吸,可以看出它想尽最后的力量回到大海,但最终因伤势过重死亡。蓝鲸坚强的挣扎给当时在场的人们留下深刻的印象,很多人甚至流下热泪。至今路易斯岛上最宽阔的大道两旁,高耸着两根粗大的鲸骨,显示出生命的神圣和庄严,为此吸引了大量游客,前来凭吊这头为生存而奋斗到最后一息的蓝鲸。

蓝鲸确实有着奋斗的精神,它的天敌是虎鲸(逆戟鲸),虎鲸何等的厉害,是海中的虎狼,凶狠而残忍,所向无敌。经海洋学者们调查,每十头蓝鲸中就有两到三头受到虎鲸的攻击。因为蓝鲸毕竟没有体型略小的抹香鲸那样灵活,所以只能是更多地被撕咬和重创,而且留下相当可怕的伤痕。但从来没有发现蓝鲸因虎鲸攻击而死亡的证据,说明蓝鲸的生命力是多么的顽强。

应该说，蓝鲸有着雄踞世界的力量，但不幸的是它对人类来说太有经济价值了，为此，人类就会智慧而残忍地捕杀蓝鲸。蓝鲸最重要的经济价值之一是脂肪量多，多到国际上规定用蓝鲸产油量做换算单位，即一头蓝鲸等于两头长须鲸，等于三头座头鲸，等于六头大须鲸。这么丰富的鲸油含量，人类当然要眼红的。从人类真正有能力捕鲸的年代起，就对蓝鲸竞相滥捕。从公元一千八百多年开始，挪威人斯文德·福专门设计捕捉大型鲸鱼的渔叉以来，这种有效的屠杀武器就逐渐装配了世界各国的捕鲸船。从南极到北极，整个地球上的海洋成了巨大的屠宰场，海洋里到处都流淌着蓝鲸的鲜血。到了 20 世纪初，美、英、日等国家跟随挪威，加入了捕杀蓝鲸的行列。而这时捕杀的技术更加科学更加高超，前面用捕鲸船捕杀，后面跟着巨大的"加工工厂船"，几个小时前还威武雄壮，破浪前进的蓝鲸，顷刻就被加工成一桶桶鲸油，一箱箱鲸肉。随之，就变成滚滚的金钱。据有关部门记载：20 世纪的 30 年代，全世界最高一年就能捕杀蓝鲸近三万头，当时地球上仅存的数十万蓝鲸，几乎就要被斩尽杀绝。

从当时的新闻广播和报刊上看，能征服如此庞然大物，不仅是人类的贪婪需求，而且还是人类的精神需要，如此超级动物，如此庞然大物，能被捕捉和征服，这是人类的骄傲，是英雄壮举。然而，我们的骄傲太苍白了，我们的英雄太廉价了。因为蓝鲸面对人类的屠杀，并没有丝毫地反抗。反而，只要是见到人类的船只，蓝鲸总是瞪着天真的大眼睛，不躲避不惊慌，有时还亲热地靠近呢。就是杀气腾腾的捕鲸船开过来，蓝鲸们也不逃跑，像对其他船只一样，友好地摆摆尾巴。突然，捕鲸船上闪出火光，发出爆炸般的炮声，随之，尖利的钢矛扎进蓝鲸的皮肉里，猛然地疼痛和血流如注，这才使蓝鲸惶惶然地往水下钻，但为时已晚，那炮弹般的冲击力，将安装有倒钩刺的钢矛深深地射进蓝鲸体内，无论如何也是挣脱不了的。

问题是屡屡被炮击被射杀被切割被烧炼，一代代蓝鲸却始终平和而安静，决不反抗。这就令人类大感莫明其妙，这么巨大的家伙，力量大得能翻江倒海，只要有一点点的反抗动作，一般的轮船就会被撞碎和撞翻，但蓝鲸为什么从不向人类反击呢？至今，蓝鲸在人类面前只有两种动作：或是友好地摆着尾巴，或是在疼痛中逃跑。

到蓝鲸快要灭绝之时，人类才良心发现，而且才恍然大悟，如果海洋里没有这个巨大的生命，大自然的生命规律会因此而乱码。这样，人类不仅会失去优美而壮观的海洋风光，也失去了一个巨大而友好的朋友。所以在1960年，国际捕鲸委员会开始禁止捕杀蓝鲸，此时已有35万头蓝鲸被捕杀，全世界的种群数量已经减少到不到100年前的百分之一。目前，全世界大概只生存有几十头蓝鲸。终于，1966年国际捕鲸委员会又再次郑重宣布：蓝鲸为绝对禁捕的保护对象。从此，蓝鲸的种群开始有了复苏的迹象。

但愿人类永远善待大自然中这个巨大的朋友。

一柄渔叉刺下去

一

海里有很多鱼,有好吃好看的鱼,有好吃不好看和不好吃却好看的鱼,还有不好吃也不好看的鱼。好吃好看的鱼第一个倒霉,谁都捉它捕它网它吃它;不好吃不好看的鱼最有福,谁都不理它,活得自由自在。看起来没用的东西才能长久和安全。

这样说来,长此以往,海里只能剩下一大堆不好吃不好看的废物,这个世界不完蛋了吗?其实不然,造物主把这个世界造得太完美太复杂了,表面上无用却暗地里有用,表面上好看但暗地里凶残;总之,所有丑陋的靓丽的善良的狡诈的,都在各司其职,缺一不

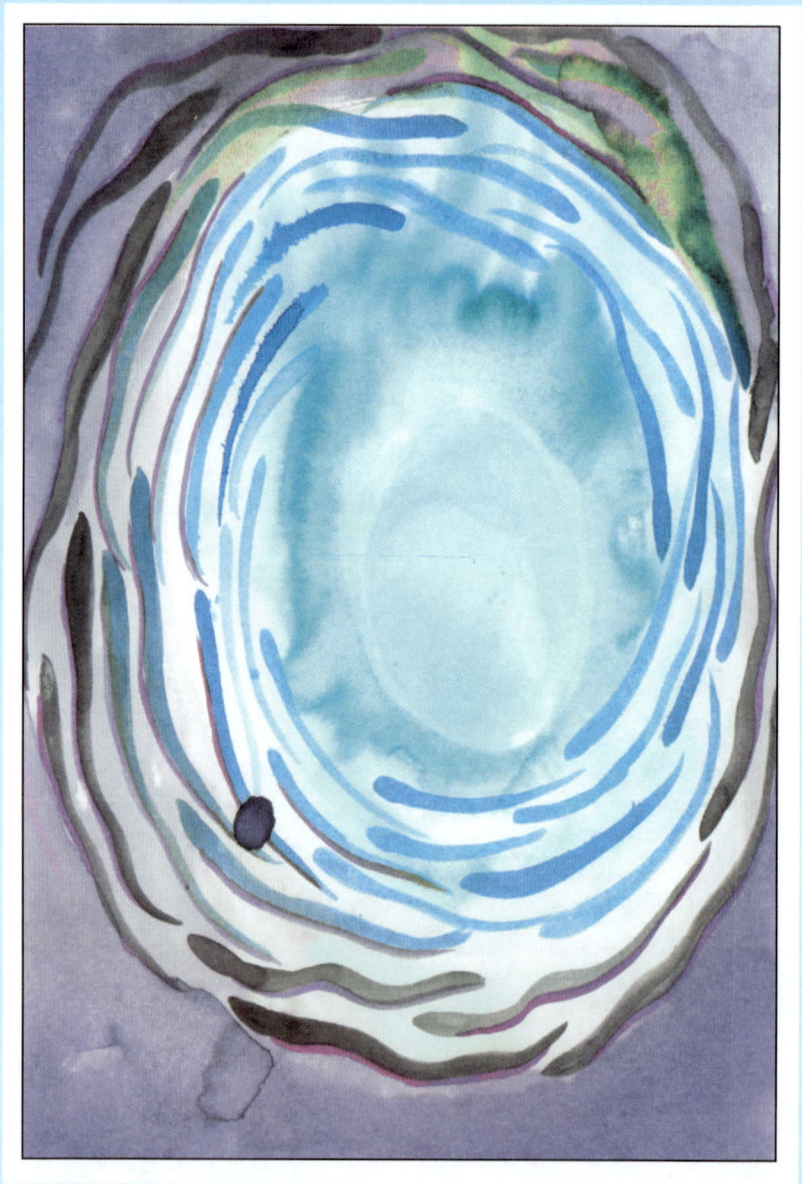

可，你简直就不能动它们一根汗毛，任何一次哪怕是极轻微的触动，都会像多米诺骨牌那样，使这个世界无穷无尽地反应下去。

　　一个渔人发现一条黑鱼，他大惊大喜，握渔叉的手微微颤动。黑鱼属好吃又好看的鱼，它外形威武雄壮，披挂黑鳞黑甲，鳞片大且花纹清晰，特别富有美感的是背鳍，既能像折扇一样张开，旗帜般竖立展扬，又能像折扇一样合闭，顺伏在鱼背上平滑若无，减轻前进的阻力。这家伙即使在锅中沸煮，色相依然如故，绝对就像在水中那样活灵活现。更奇的是还能煮出雪白的鱼汤来，吮一口，能从嘴巴鲜到脚后跟儿。因此，这道菜端到餐桌上大添光彩。任何级别的宴会，没有一盆鲜气缭绕的黑鱼汤，就等于没有级别。眼下市价日日渐涨，买一条中等分量的黑鱼也能让你心疼得像丢了钱包。渔人不但颤动，而且激动，渔叉下去，用不了一秒钟，就会创造经济奇迹。为此，这渔人屏住呼吸，看准时机，只要黑鱼游到有效打击的距离，他就会以迅雷不及掩耳之势，狠狠地一叉刺下去。

　　此时，阳光泻金，海水透碧。渔叉之下的这条黑鱼正要干一件令它兴奋得发疯的好事——与一条黑花豹母鱼交配。它早就注意到黑花豹的存在，那是一条可以称得上少女的母鱼。它刚刚成熟，浑身散发出使公鱼激动得打哆嗦的美妙气味儿。这种鱼类的爱情气味，人类闻不到，但公鱼在几百米以外的水域，就已经被熏得情不自禁地战栗。于是它嗅着爱情的气味火速前进，所有的鳞片都尽力地张开，闪射着吸引异性的光彩；背鳍更是大大地舒展，显示出它的高贵和强悍。但只要进入爱情的鱼全都是昏了头，平日里多么机灵多么精明多么凶狠，也会被爱情溶化得一塌糊涂。渔人胸有成竹地笑着，这时你怎么叉都成。

按照程序，这条公黑鱼要与花豹激烈缠绕，相亲相爱相互摩擦，一直摩擦到爱情的火花燃烧，这时黑花豹就喷烟吐雾般地排放出十万粒卵子，公鱼同时排射出十万粒精子，精卵在温和的水层中混合成子儿，落附在暗礁各处数日成鱼。

然而，就在黑公鱼即将狂奔到爱情的怀抱之时，渔叉无情地刺下来，锋利的叉尖穿透肥嫩的鱼肉，切断无数根血管，那润滑生命的血液溢出蓝色的水面，向渔人绽开一朵鲜红的花瓣，报告捕杀成功。

意想不到的是，突袭而来的剧痛使黑公鱼轰然震颤，鼓满肚腹的精液竟带着拼死的热情呼啸泄出，十万粒精子在没有卵子的水层中，张皇失措地涌动。

黑公鱼丧生的下面是一片暗礁，正有两只武士蟹在谈情说爱。这种全身披挂盔甲的家伙喊哧咔嚓地拥抱，在人类看来，简直就是一场厮杀和格斗。公蟹体型一般大母蟹两倍，骑在身材娇小的母蟹身上，挥舞钢甲铁钳，绝对就是在欺侮战败的俘虏。一阵咔嚓作响之后，公蟹满足地从母蟹身上爬下来横行而去。母蟹带着极度伤痛也许是极度地欢快，蹒跚爬进海草丛中或暗礁缝隙里，生儿育女。问题是现在这只大武士蟹还没来得及爬到母蟹身上。尽管母蟹已经做了几次挑逗式的逃跑状，但公蟹却始终按兵不动。其实公蟹早已急不可耐，但按自然界的程序，它在与母蟹做爱之前，要寻找到黑鱼甩下来的十万粒鱼子儿，吃掉其中九万九千九百九十粒。一是为了增加婚前的营养，二是完成造物主的安排，否则黑鱼的数量会铺满地球的表面。

公武士蟹张开火柴棒式的眼睛四处扫视，但空空荡荡无一粒黑鱼子儿。它有些奇怪，便开始到处爬动，往常这里的黑鱼子儿多得绝对是天上掉馅饼。但不会思索的头脑让武士蟹只是一个劲儿的爬动，在它认为肯定会有鱼子的地方反复转圈，一直转得筋疲力尽。然而它并不能停止，腹中的精子在抓心挠肝地骚动，等着它拥抱母蟹，好一泻千里地冲进卵子的队伍中结合。可是没有吃到黑鱼子儿的公蟹，失去了产生激情的力量，它只有按照老祖宗几千万年来留下来的程序，寻找黑鱼子儿，否则它就一事无成。

那只母蟹焦急地徘徊，忠实地等待公蟹追逐它。但没有结果地等待使它渐渐感到莫名其妙的恐慌，肚腹内仿佛有成千上万只小蟹子在往外挣扎，简直就要突破它那坚实的甲壳，令它奇痒难耐。其实它肚腹中只是成千上万的半成品，只有公蟹到来才会制造成真正的生命。可怜的是它与公蟹一样没有智力，不能分析这没有结果的等待。它开始在礁缝中爬进爬出，最后终于狂躁得乱了阵脚，冲出礁缝，不顾一切地到处乱爬乱撞。过于激烈地爬动加剧了肚腹中的骚动，母蟹觉得肚腹的甲壳就要爆裂，但此时它却意外地闻到一股异性的香味。其实这是真正的异性的味道，但不是同种的异性，而是那条黑公鱼临死前无奈排射出来的精子。也许毕竟是异性，就有微妙的相通，母蟹竟然陶醉了，并昏头昏脑地撞向一块礁石，腹中甲壳逆裂，千千万万个武士蟹的卵子犹如冲出牢笼的囚犯，与纷纷飘落的千千万万个黑鱼精子拼死地亲吻和拥抱……

再说那条黑花豹母鱼，失去公鱼使它只能在水层中飞奔不止。因为飞奔使它的肚腹与水流剧烈摩擦，也就产生一种接近高潮的激动，这种激动一旦达到百分之百，腹中的卵子就会机枪般地喷射而出。但没有公鱼的配合，它无论怎样疯跑，也只能达到百分之九十九的激动。这样，卡在枪膛中的子弹无法射出，腹中的疼痛愈加要命。黑花豹母鱼头脑更简单，它唯一的能耐就是非理性冲撞。陡然，它闻到一股来路不明的异性气味，那是前面礁石上正在发疯般寻找食物的公蟹，一路的颠簸使它腹中的精子怒气冲冲，拥挤着挣扎着，正迫不及待地要夺路而出。公蟹精子喷溢出的异性气味，恰恰补充了母花豹鱼缺少的百分之一，花豹鱼忘乎所以，像疾飞的导弹撞向公蟹，在这不顾性命的撞击中，不符合型号的精子和卵子全都倾泻而出，突然的解放赋予它们超然的活力，竟然产生十万分之一的成活偶然。

上帝此时也乱了方寸，公黑鱼和母蟹结合，母黑鱼与公蟹交配，世界上绝对没有过的怪异生命体诞生了——有着蟹壳般坚实的身子，柔软摆动的鱼尾，灯泡式突瞪的双眼，还生出说不出是腿还是翅的东西。

当渔人再度攥渔叉而来时,看到这种鱼蟹不分的怪物,不禁跌足惊呼:天哪,这是什么玩意儿?老辈也没见过呀!于是烧香磕头,跪拜神灵。

茫茫无际的海域沉默无语,愕然的渔人想到无数恐怖的传说,心下生出久远的惶惑。

二

然而,事情远没有完结。按照大自然的程序,这片海域会出现成百上千只正常的武士蟹和成百上千条正常的黑鱼。但是现在出现的是成百上千的怪物,它们不仅六亲不认,攻击所有的黑鱼和所有的蟹子,而且相互之间还残酷地厮杀。无论多么健壮的黑鱼和武士蟹,也打不过这些鱼身蟹甲的怪物,为此,水下一片混乱之后,正常的鱼蟹们全都逃之夭夭。

水下暗礁出现可怕的寂静,覆盖在上面的千千万万个牡蛎全都屏息静气,不敢发出往日那吱吱嘎嘎的快乐声。牡蛎从来都是快乐地活着,它们将身躯牢牢地生在礁石上,每天都舒适地躺在那里守株待兔。涨潮时张开两片贝壳大嘴,让水流缓缓流过,水中漂浮的浮游生物便被过滤吸收到嘴巴里;退潮时,它们又紧闭嘴巴,慢慢消化着这些营养。千百万年,大自然就是安排它们过着这样饭来张口的优哉生活。

现在它们不敢优哉了,失去蟹子爬动的声音,令它们感到某种不安，却又毫无办法，只能是贴在礁石上死死地挨着。

牡蛎的感觉是准确无误的，一大群海星正缓缓而浩荡地向暗礁丛挺进。这些漂亮的家伙是一切贝类尤其是牡蛎的残酷杀手，它们那柔软的身体和五只手臂一样的五角，会紧紧拥抱住牡蛎，比热恋的情人还要亲密无间，致使牡蛎喘不过气来窒息而死，任它们慢慢蚕食。

生就在礁石上的牡蛎寸步难行，只有眼睁睁地等死。也许正是如此，造物主将海星设计得美丽却不灵巧，五角式的腿脚只能迟缓地挪动，犹如中了一枪的伤兵。而且还要不断地停下来，倾听武士蟹的声音。蟹子的长钳会毫不留情地撕裂它们的五角，这令它们不敢掉以轻心。然而，意外的宁静虽然让它们含糊地感到不合逻辑，但渐渐就放心大胆，进而欣喜若狂。几天时间，这些家伙就铺天盖地地占据了整个暗礁丛。

牡蛎的灾难降临了，它们一个个死死地咬紧嘴巴，关闭贝壳，在海星凶险的阴影下胆战心惊。没有蟹子的骚扰和攻击，海星们越来越从容，它们不慌不忙地挑选着猎物，然后进行死亡式的拥抱。几乎每一个大牡蛎上面都覆盖着一个凶残的海星，难以忍受的憋闷让它们甚至都不能呻吟，所有的杀戮都在悄无声息的进行。偶尔能听到一声微弱的咔嚓声，那是失去生命的牡蛎壳，无奈并悲哀地翻落到礁石下面。

吃饱喝足的海星们大放异彩，营养充足使它们背上的花色更加灿烂夺目。衬着白花花的空牡蛎壳，海底一片繁花似锦。成千上万的海星们一批又一批地到来，在暗礁上拙笨而热烈地交配，迅速壮大队伍，整个暗礁丛已经成为海星独霸的世界。

城里人看到如此灿烂的景色，惊叹不已，他们盛赞大自然的壮美。渔人发现后却无比愤怒。在他们的眼中，牡蛎是好吃不好看的宝贝，海星是好看不好吃的坏蛋。这个不好吃的坏蛋竟然占了上风，这对重视食用价值的人类是不可忽视的损失。在人类的心目中，形象美丽的坏东西比形象丑陋的坏东西更可恨。愤怒的渔人用渔叉、渔刀、鱼枪来消灭这些美丽的杀手，尽全力将海星碎尸万段。

渔人以为自己胜利了，实际上他们犯了个大错误。造物主想得太周到了，它造就海星行动迟缓并易于被攻击，同时它却给海星另一种特殊能力，被击碎的每一块海星碎片，就可以再生出一个完整的海星，就像科学家克隆牛羊一样。渔人万万想不到，敌人会越杀越多。巨大的胜利其实就是巨大的失败。

无法消灭的海星把这里的牡蛎洗劫一空，排泄出成千上万的粪便，然后浩浩荡荡地扬长而去。腥臭的粪便和牡蛎尸壳等于最上等的化肥，令各类海藻大肆疯长，枝繁叶茂，很快就成长为一片海藻森林。森林在浪涛的涌动中有节奏舞动，为此又招引来大批大批的皮匠鱼。皮匠鱼之所以有这个名字，是它有一张坚韧的皮包裹住全身，像皮匠缝制的外套。不过，整个鱼形却又酷似一张马脸，所以学名马面鲀。马面鲀爱吃海藻，它们本来要长途跋涉去寻找另一个海湾里的海藻，没想到半路上发了横财，顿时欢呼万岁，大吃特吃。

吃完后排泄出比海星还多的粪便,并使水流变得混浊不堪。

三

水流本来就混浊不堪了。因为牡蛎已经全军覆没,水流中富含的微生物失去天敌, 已经不知所措地泛滥。于是整个海湾温度高升,并严重缺氧。生活在最底层的鱼虾突然像患了肺气肿,大口小口地急速喘息。扁平的比目鱼,粗胖的虾虎鱼和黏滑的鲐鱼、鳝鱼,全都惊慌失措。它们毫无秩序地胡乱爬动,卷起烟尘般的泥沙,把已经混浊不堪的水流变成更加混浊不堪的泥流,一个个气喘如牛。但这些可怜的家伙无论怎样折腾,也只能贴着阴暗的海底,没有半点升腾的能力。

海里的鱼分上中下三个层次。鲐鱼鲅鱼等鱼是上层鱼,它们身体暴露在外,贴着水面飞驰,即使是遭到残酷的捕杀,也决不钻进水下逃命。造物主不允许它们潜到水下,就像不允许底层鱼上升那样严格。所以,上层鱼的速度往往如射出的炮弹,令渔人追之不及。中层水域里的鱼是上帝的宠儿,它们格外得天独厚。因为它们身上长着一个潜艇机关那样神奇的鱼鳔,可以吸水排水,自由胀缩,灵活升降,活得轻松愉快。

然而现在,中层水域里的鱼被混浊和腥臭弄得惶恐不安,纷纷成群逃跑;上层水的鱼也觉得不太妙,赶紧炮弹般地射走。

一阵喧哗,海流推来数以亿万计的丁鱼。丁鱼是一种像钉子那样大小，并又像钉子那样闪闪发亮的小鱼。它的学名是一长串毫无形象感的枯燥外文字，不提了。小小的丁鱼势单力薄，软弱可欺，大家只好成百万成千万成亿万地抱在一起，犹如巨大的云朵，在大海里随波逐流。

应该说，鱼群形成的云朵在水波里漂浮，很是壮观。每一条丁鱼都是一个亮点，密密麻麻的鱼群聚在一起就是一大片闪光的流体，宛如银河在夜空淌过。然而造物主造出这壮美的景色，并不是为了给人类审美，而是给其他的大鱼生存提供方便。大鱼远远的就能看见这流动的光束，奔跃而来，狼吞虎咽。

问题是那些大鱼早已逃之夭夭，这些小东西没有了天敌。再加上水温上升，营养丰富，丁鱼立即爆发活力，发了疯一样地谈情说爱，生儿育女。几乎就是瞬间的工夫，已经巨大得不能再巨大的鱼群，原子弹爆炸那样升腾起巨大的蘑菇云。极度缺氧又使它们疯狂骚动，拼了命地朝外突围。终于，丁鱼有了能自己前进的动力，它们朝着浪花翻腾的地方奔命，因为浪花翻腾产生泡沫，氧气充足。然而它们不明白浪花翻腾是大海与陆岸的撞击，其实它们是向死亡进军。退潮后，陆岸滩涂上积储了三尺厚的丁鱼尸体。这丁鱼抢滩的奇迹，使渔人兴奋得目瞪口呆，如水中漂着银钱，使动物们撑得不是肠炎拉稀就是暴胀而死。鱼肉的臭气还使数亿万的苍蝇茁壮成长，兴高采烈地嗡嗡高唱，飞向世界各地，创造出更可观和更可怕的奇迹。

几天后,海中闪出比丁鱼还耀眼的光亮,这是回游而来的刀鱼群。城里人叫刀鱼是带鱼,但在渔人的眼里,远不如叫刀鱼贴切。因为无论从形状到色泽,它都酷似一柄亮闪闪的长刀。刀鱼尖首锐尾,牙如锯齿,性情凶狠。尤其见到小鱼时,绝对饿虎扑食。渔人熟其性猛,往往用塑料布做一些小假鱼在水里拖动,它们也毫不犹豫地一口吞下,结果是咬住渔钩,丢其性命。问题是它们决不总结经验,反而变本加厉,前赴后继,视死如归。

刀鱼歇息时也威风不减,它们凭着浮力在水层中间垂直竖立。那真正是一排排竖立着的刀枪剑戟。这些家伙却又纪律严明,一声号令,便万箭齐发,银光闪烁,呼啸飞进。

不过,眼下它们乱了阵脚。混浊却空空如也的海湾使它们无的放矢,渐渐就怨气冲天。这些刀鱼是按照祖宗们留下的规矩,分秒不差的来到这里吃丁鱼。它们绝对的不明白为什么丁鱼会踪影全无,只能条件反射地冲锋陷阵。饥饿让它们的速度加快了一倍,但饥饿也让它们昏头昏脑,视力减退。前一排刀鱼尖细的尾巴,被后一排刀鱼误认为是游动的丁鱼,可后一排刀鱼尖细的尾巴又被再后一排的刀鱼看作是丁鱼,再再后一排又被再再再后一排误解……最后,所有的刀鱼都把它们伙伴的尾巴误认为是美食。一场悲剧开始了,所有的刀鱼都兴奋地张开锯齿利牙,向前猛咬过去,刹那间一片刀光剑影,成千上万的刀鱼发了疯地撕咬,最后百分之百地失去了尾巴。

剧烈的疼痛使整个鱼群大乱,刀鱼们嘶嘶地哀叫着横冲直撞,最终因伤势过重而全体垮掉。亮闪闪的鱼鳞随之变暗，像生锈的废物一样听凭浪涛的摆布。

一种无处不在的海虱子在水层中升腾，它们像陆地上的蚂蚁那样无孔不入。只剩下一丝气息的刀鱼们毫无反抗能力，它们本来一口可以吞下一千只的小东西，现在成了王者。海虱子知道鱼身上最富含营养的是眼睛，鱼眼里的蛋白柔软而易于下口。天哪，这些平日里威风凛凛不可一世的刀鱼，顷刻就更加惨不忍睹……

第一个渔人在海面上发现这些刀鱼时，惊恐得差点儿就跌下船去。成千上万条刀鱼怎么会齐刷刷地被割断尾巴和挖掉眼睛？除了神灵的惩罚还能作何解释？

奇特的故事无法结束，因为刀鱼的发狂和死亡，会引发更多的程序混乱。人们愕然地发现，只会在夜里出来活动的虾群，竟然大白天跃出水面；一些营养过于丰富的蛤蜊，竟然健壮得能战胜它的天敌；一些受到惊吓的鱼类提前生儿育女，而这些早产的怪胎你怎么看都不像鱼，有权威人士甚至推测这是癞蛤蟆的后代，是被暴发的山洪冲进海里的。

一柄渔叉的举动会产生如此繁杂的连锁反应，千万柄渔叉定会惊天动地。何况人类还有鱼枪鱼炮，有探鱼器有诱鱼灯，有深水红外射线仪。那些缺乏智力的鱼类，误以为灯光就是阳光，它们大概认定自己是按照太阳的指引，在祖先的老路上游动，其实它们是游入人类张开的网口，游向人类的厨房，游进油锅和炒勺，游上五彩缤纷的餐桌上。

　　渔网的高超功能已使大海变得像鱼缸那样简单。水面上有浮网、拦网、围网；水层里有流网、拖网、兜网、旋网、裤裆网、瓶口网……水底下更了不得，贴着泥沙拖动的底网横扫一切，每一张底网至少等于一百条鲸鱼张开的大口，连最灵最滑的蛇鱼也难逃"法"网。

　　人类的智慧超过世界上所有的生物。可想而知，未来的年月里，会造就出更加奇特的生物，令我们大开眼界；会创造出更加惊心动魄的奇迹，使我们一步步走进神话世界……